生活永远不像我们想象的那样好,但也不会像我们想象的那么坏。

——莫泊桑

大作家讲的小故事

# 客栈失踪案

[法]莫泊桑 著
王振孙 译

图书在版编目(CIP)数据

客栈失踪案/(法)莫泊桑(Maupassant,G.)著;王振孙译. —北京:北京大学出版社,2013.1
(大作家讲的小故事)
ISBN 978-7-301-21830-3

Ⅰ.①客… Ⅱ.①莫…②王… Ⅲ.①短篇小说－小说集－法国－近代 Ⅳ.①I565.44

中国版本图书馆CIP数据核字(2012)第306838号

书　　　　名：客栈失踪案
著 作 责 任 者：[法]莫泊桑　著　王振孙　译
点评文字撰稿：黄丽霞
丛 书 策 划：邹艳霞
责 任 编 辑：邹艳霞
标 准 书 号：ISBN 978-7-301-21830-3/I·2576
出 版 发 行：北京大学出版社
地　　　　址：北京市海淀区成府路205号　100871
网　　　　址：http://www.pup.cn　新浪官方微博:@北京大学出版社
电 子 信 箱：zyl@pup.pku.edu.cn
电　　　　话：邮购部 62752015　发行部 62750672　编辑部 62767857
　　　　　　　出版部 62754962
印　　刷　者：北京大学印刷厂
经　　销　者：新华书店
　　　　　　　650毫米×980毫米　16开本　12.75印张　150千字
　　　　　　　2013年1月第1版　2015年11月第5次印刷
定　　　　价：22.00元

未经许可,不得以任何方式复制或抄袭本书之部分或全部内容。
版权所有,侵权必究
举报电话:010-62752024　电子信箱:fd@pup.pku.edu.cn

# 目 录 Contents

客栈失踪案……………………………………1

西蒙的爸爸……………………………………19

快乐的死刑犯…………………………………31

羊脂球…………………………………………39

两个朋友………………………………………89

米隆老爹………………………………………99

项链……………………………………………109

初雪……………………………………………123

雨伞……………………………………………135

## 目 录 Contents

绳子 …………………………………………… 147

月光 …………………………………………… 157

小酒桶 ………………………………………… 165

归来 …………………………………………… 173

俘虏 …………………………………………… 183

# 客栈失踪案

● 带着问题读一读，你会收获更多 ●

1. 本文的环境描写非常突出，试从文中找出几处加以赏析。
2. 你觉得豪泽尔小姐大病一场是因为山上气候太冷的缘故吗？

## 大作家讲的小故事

在高峻雄伟的阿尔卑斯山上那些冰川脚下，那些在雪峰间穿越而过的、寸草不生的、怪石嶙峋的峡谷里，有一些木结构的小客栈。施瓦岑巴赫小客栈也是其中之一，是为那些途经格米山口①过来的旅客提供膳宿的。

这家小客栈一年中只营业六个月，在营业期间，客栈老板约翰·豪泽尔全家都住在客栈里。但一到大雪纷飞，山谷被积雪覆盖，通往洛埃歇村的道路快要被堵塞的时候，这一家的妇女、父亲和三个儿子便离开客栈下山了，留下一老一少两个向导——加施帕尔·哈里和乌尔里希·孔西以及一条名叫扎姆的山区大狗照管这所房子。

两名向导和那条大狗一起，就要在这所冰雪的监狱里一直待到来年春天。从这座冰山后面的客栈放眼望去，除了披着银装的巴尔姆霍恩大山坡外，一无所有。四周全是灰蒙蒙、亮闪闪的峰峦，他们被包围、埋没和封锁在周围越来越高的积雪里。那皑皑白雪把那所小房子从四面八方紧紧地裹了起来；屋顶上的雪越积越厚，地面上的雪积到窗台上，连门也给堵住了。

严冬将临，下山快要变得有危险了，那天正是豪泽尔一家回洛埃歇村过冬的日子。

豪泽尔的三个儿子牵着三头骡子，驮着行李包裹先走；后面的让娜·豪泽尔太太和她的女儿路易丝骑上第四头骡子也动身了。

豪泽尔先生和两名留守客栈的向导跟在后面，这两个向导要伴送他们一家一直走到下山坡道的峰口。

他们起先绕过一个眼下已经结冰的小湖，这个小湖是一个一直

---

① 格米山口：瑞士境内阿尔卑斯山的山口，位于伯尔尼州高山地区和瓦莱州交界处，高度2314米，18世纪时开通了一条骡子走的崎岖山路，可以从科代河谷通到达拉河谷，巴尔姆霍恩山脚下的洛埃歇村。

伸展到他们小客栈门前的大石坑。后来他们又顺着洁净明亮得像一条床单似的山谷走去，抬头望去，四周全是高耸屹立的雪峰。

灿烂的阳光倾泻在这片人迹罕至的、白得耀眼的雪地上，闪射出令人眼花缭乱的寒光。在那绵延千里的冰山雪峰的海洋上，没有任何生命；在这异乎寻常的孤寂里，没有任何动静；在这死一般的静谧中，没有任何声音。

乌尔里希·孔西，那个年轻的瑞士向导，他高高的个子，迈着两条长腿，渐渐地把豪泽尔先生和老向导加施帕尔抛在后面，去追赶前面驮着两个妇女的那头骡子。

两个妇女中年轻的一个看着他走来，似乎在用她忧伤的眼神召唤他，她是一个金黄头发的农村姑娘，她那苍白色的脸庞和淡色的头发仿佛因为在这冰天雪地的环境中待得太久而失去了原有的光泽。

乌尔里希·孔西赶上了路易丝骑的那头骡子，把手搭在骡子屁股上，使它的步子慢了下来。豪泽尔太太开始和他交谈起来，她不厌其烦地把在山上过冬时必须注意的种种细小琐事一一告诉他。乌尔里希有生以来还是第一次在高山上过冬，而哈里老头在冰雪覆盖的施瓦岑巴赫小客栈里已经度过了十四个冬天。

乌尔里希·孔西听着，可是他似乎没有听懂，他一直在盯着路易丝看，嘴里不时地回答说："是，豪泽尔太太。"但是他脑子里仿佛在想别的事情，他神色平静，一直是无动于衷的样子。

他们到了道贝湖边，长长的冰冻的湖面平得像镜子一样，一直向山谷的尽头伸去。右边，道贝霍恩峰黑黝黝的峭壁直插云霄，旁边是维尔德施特吕俯视下的勒默恩冰川。

他们走近了通向洛埃歇村的下山坡道的格米山口，突然看到了

## 大作家讲的小故事

被又深又宽的罗讷河①谷隔开的瓦莱州地区内的阿尔卑斯山的广阔的远景。

远处，形态各异的雪白的山峰连绵不断，峰顶有扁平的，有尖削的，全都在阳光下闪闪发光：双峰插云的米施夏培尔峰，雄伟壮阔的维斯霍恩群峰，巍峨突兀的布龙内格霍恩峰，高耸入云的、送了好多人性命、令人望而生畏的金字塔般的策尔芬峰，以及像卖弄风情的女妖般婀娜多姿的白牙峰。还有，在他们的脚下，在一个深不可测的窟窿里，在一个使人毛骨悚然的深渊底部，他们看到了洛埃歇村，那儿的房子看上去就像被撒在那巨大的裂缝里的沙粒一样，那条裂缝从罗讷河谷开始，一直伸展到格米山口。

骡子在路边停住了脚步，这条路沿着右面那座山蜿蜒伸展，不断地盘旋环回，形态怪异得不可思议；它一直通到山脚下那个依稀难辨的小村子，两个女人从骡子上跳到了雪地里。

两个老年人已经赶上来了。

"好吧！"豪泽尔先生说，"再见，朋友们，勇敢些！"

"明年见。"老向导哈里回答道。

两个老头相互拥抱告别，随后豪泽尔太太伸出了她的腮帮子，年轻姑娘也跟着这么做了。

当轮到乌尔里希·孔西吻别路易丝时，他在姑娘的耳边悄悄地说："可别忘了山上的人啊！"姑娘回答道："不会忘的。"这句话轻得孔西几乎听不见，只是凭想象猜出来的。

"好吧，再见，"约翰·豪泽尔先生又说了一遍，"祝你们身体健康！"

---

① 罗讷河：发源于瑞士南部的阿尔卑斯山的达马施托克峰南侧罗讷冰川。先向西南流，再折向西北，穿越阿尔卑斯山，注入日内瓦湖，然后流经法国东南部，接纳索恩河后，流入地中海。

然后他走到豪泽尔太太母女俩的前头,开始下山。

三个人很快就在这条路的第一个拐弯的地方消失了。

两个向导返回施瓦岑巴赫小客栈。

一路上,他们肩并肩地慢慢走着,两个人谁也没有说话。事情办完了,他们两个人将面对面地待在一起,孤独寂寞地度过四五个月。

接着,哈里开始讲述他去年在山上过冬的情况。去年他是和米歇尔·卡诺尔一起在山上过冬的,卡诺尔年龄太大了,今年不能再要他留守在小客栈里,因为在这段与世隔绝的长时间里,随时都有可能发生意外事故。再说,他们两人也不会感到寂寞无聊的,只要从第一天起就打定主意坚持到底就行,他们以后会想出一些消遣娱乐和其他种种消磨时间的办法的。

孔西,两只眼睛看着地面,一边听着哈里的叙述,心里却一直在牵挂着那些正在穿过格米山口的崎岖山路到山下村里去的人。

很快小客栈就跳入了他们的眼帘,它看上去是那么小,在那一望无际、连绵起伏的白雪覆盖的群山下,小得只剩下了一个小黑点。

他们打开了店门,那条披着一身卷毛的大山狗扎姆高兴地围着他俩蹦跳个不停。

"来吧,我的孩子,"老向导加施帕尔喊道,"妇女们已经走了,我们只能自己做饭了,你去削土豆。"

说罢,他俩一起坐在木凳子上开始做饭。

第二天早上,时间对孔西来说,似乎过得很慢。老哈里一边吸着烟,一边往炉膛里吐唾沫,年轻人则站在窗前眺望着面前的光芒刺目的雪山。

下午孔西出门去了,他沿着昨天走过的那条路走去,在路上寻

## 大作家讲的小故事

找昨天两个妇女骑的那头骡子走过时留下的痕迹。后来，他来到了格米山口，便俯伏在深渊边上，眺望着山下的洛埃歇村。

洛埃歇村四周全是高山，它就像坐落在井底一样，由于它四周有杉树林屏障的保护，所以才没有被近在咫尺的厚厚的大雪埋没。从高处往下看，村子里低矮的房子就像是大草地上的铺路石板。

豪泽尔先生的女儿眼下就在那几幢灰色的小屋里，哪一幢呢？孔西离那房子太远了，无法把这些房子一幢幢分辨清楚。他多么想趁现在大雪还没有完全封山的时候，到山下去看看她啊！

太阳已经躲进高高的维尔德施特吕贝尔峰后面去了，年轻人只好返回客栈。哈里老头在抽烟，看到他的伙伴回来，就提议两人一起玩纸牌。于是他俩面对面地在桌子两头坐下，玩起了纸牌。

他们玩的是一种叫做布里施克的简单的纸牌游戏，玩了很长时间，然后他们用过晚餐就上床休息。

以后的日子依然像第一天那样，天气晴朗而又寒冷，没有再下雪。加施帕尔老头每天下午都在观察老鹰和少数偶尔飞到这些冰峰上来的鸟儿；孔西则每天都来到格米山口，俯视山脚下的小村庄。然后他俩又一起玩纸牌、掷骰子和玩多米诺骨牌。为了提高游戏的兴趣，有时还拿一些小东西赌输赢。

一天早晨，哈里先起床，他叫起他的伙伴。有一片带白色泡沫的、厚厚的、轻轻的浮云正悄悄地在他们屋子上方和四周移动，渐渐地把他们包裹在一片又厚又浓的泡沫之中。这种情况持续了四天四夜。绝不能让门窗被堵死，在十二小时的严寒冰冻以后，这些冰末子冻得比冰川上的花岗岩还要硬。一定得挖一条走道，凿出台阶，才能爬到这层冰雪上面去。

那几天，他们只能像囚犯一样生活，不到他们的住所外面去冒险。他们分摊了日常工作。乌尔里希·孔西负责打扫、洗涤以及其他琐事和清洁工作，此外他还管劈柴；加施帕尔·哈里则负责烧饭和照管炉火。他们两人按照分工，单调而有规律地工作着，空闲的时候就长时间地打牌和掷骰子。他俩不闹别扭，从不吵嘴，因为他们都是不声不响的、脾气随和的人。他们甚至从来不发脾气，不说尖酸刻薄的话，因为他们对在高山上过冬已经有了充分的思想准备，对什么都不想计较。

有时候加施帕尔老头拿着他的长枪去打岩羚羊，偶尔也能打上几只。每当这时，在施瓦岑巴赫小客栈里也算是个节日，可以饱餐一顿新鲜的野味。

一天早晨，加施帕尔像以往一样外出打猎。屋外的温度是零下十八度，太阳还没有升起，猎手满心希望在维尔德施特吕贝尔山附近能碰上几头野兽。乌尔里希一个人留在屋里，在床上一直睡到十点钟。他天生嗜睡，然而和老向导在一起的时候，他不敢起床太晚，因为老向导向来朝气蓬勃，喜欢早起。

他和扎姆一起慢慢地吃了早饭，扎姆也跟他的主人一样，从早到晚都在火炉前面睡觉。后来他突然觉得心情忧郁，甚至有些害怕孤独。由于不可克服的习惯使然，他非常想像平时一样玩玩纸牌。

于是他走出屋去，迎候他那位应该在四点钟归来的伙伴。

大雪已经填平了整个深谷，嵌满了裂缝，盖住了两个湖泊，使岩石轮廓模糊，混沌一片，把巍峨的群山连绵成一只硕大无朋、光耀夺目的冰桶。

乌尔里希已经有三个星期没有到深渊边上去了，他曾经在那儿俯视过那个小村子。他在攀上通往维尔德施特吕贝尔山的山坡之前，想再到那儿去看看。洛埃歇村现在已经被大雪覆盖，连房子也分辨不出，仿佛被一件白色的大氅包起来了。

接着，他又转向右边，向勒默恩冰川走去，他用手里的铁棒敲

## 大作家讲的小故事

着像石头一般坚硬的积雪，迈着山里人的大步子向前走去；他敏锐的目光，在巨大的浩瀚的冰海雪原上寻找着在远处移动的小黑点。

到了冰川边缘，他停了下来，心里寻思老头儿会不会是走这一条路，然后他开始沿着冰川用更快的步子走着，心里越来越不安了。

天渐渐地黑下来了，积雪在晚霞的映照下闪耀着玫瑰色，干燥而又凛冽的阵阵寒风在它水晶般明亮的表面上呼啸而过。乌尔里希用尖利、颤抖而又拖长了的声音呼喊着哈里，他的喊声向死一般沉寂的群山上空飞去，越过巨大的、泛着冰雪泡沫的、静止不动的波涛，传到远方，就像波涛起伏的大海上的海鸟的叫声一样。接着，喊声逐渐消失，没有得到任何回答。

他又开始往前走去，太阳已经落到远处的一座座山峰后面去了，那些山峰在落日的余晖下还呈现着紫红色，而深谷里已经暗下来了。年轻人突然间感到了害怕。他似乎觉得四周那些好像已经冻死了的峰峦的沉寂、寒冷和孤独都渗进了他的躯体，正在凝固他的热血，使他四肢僵硬，把他变成一具动弹不得的冰冻的僵尸。他开始奔跑起来，向他的住处逃去。他心里在想，老头儿也许在他出来的时候已经回去了，他走的恐怕是另一条路，现在他恐怕已经坐在火炉前，脚下横着一只死的羚羊。

他很快就看到小客栈了，但是没有看见有炊烟升起。乌尔里希跑得更快了，他推开了门，扎姆扑过来欢迎他，但是加施帕尔·哈里还没有回来。

孔西惊恐地突然转了一个圈，好像他在期待着发现藏在角落里的伙伴。后来他生火做饭，心里时时刻刻盼望着老人回来。

他不时走出门去，看看哈里回来没有。夜幕降临了，那是山区那种月光下的灰蒙蒙、黑糊糊、青灰色的夜，一弯细细的、枯黄色的新月悬在天边,仿佛正要掉到山峰后面去似的。

后来年轻人又走进屋子,坐下烤火暖暖手脚,同时设想着哈里可能会遇到的意外事故。

加施帕尔可能跌断了腿,跌进了哪个窟窿里;也可能踏了个空,扭伤了脚踝骨,那么他也许正躺在雪地上,冻得四肢僵硬,失去了希望,迷失了道路,也许还在大声呼救,在寂静的夜晚拼命地呼喊呢。

但是他究竟在哪儿呢?这座山是那么广阔,那么险峻,四周又是那么危险。特别是在现在这个季节,要在这一望无际的冰天雪地里找到哈里,至少需要一二十个向导朝各个方向去搜索上一个星期。

如果加施帕尔到半夜一点钟还不回来,孔西决心要带着扎姆去寻找老人。

## 大作家讲的小故事

拿定主意后，他就开始做出发的准备工作。

他把两天的口粮装进了背包，带上爬山用的钢钩，腰里绕了一根细长结实的绳子，检查了一下他包铁头的棍子和用来在冰上凿出台阶的小斧头。一切都收拾好之后，他等候着老人回来。炉膛里的火在燃烧，那只大狗在火光照耀下打盹。木壳时钟发出的有规律的响亮的滴答声就像人的心脏跳动一般。

他在等待，耳朵警觉地注意着远方的每一个声音，当寒风擦过屋顶和墙壁时，他便不由得浑身哆嗦起来。

已经敲十二点了，他猛然一震。那时，他只觉得胆战心惊。他又在火炉上放了一壶水，以便在出发前还可以喝一杯热咖啡。

时钟敲一点钟，他站起来，喊醒了扎姆，开门朝维尔德施特吕贝尔山方向走去。整整五个小时，他靠登山钢钩的帮助，攀登悬崖，在冰上凿出踏脚，不断地朝前走着，有时用绳子把在坡底下的狗拉上来，因为斜坡实在太陡峭了。大约是早上六点钟光景，他攀上了加施帕尔追踪岩羚羊时常来到的一座山峰的峰顶。

他在这里一直等到天亮。

头顶上的天空渐渐地透出了鱼肚白，突然出现了一道不知来自何处的亮光，顿时把他周围数百里内绵延起伏的群山照得光辉灿烂。有人可能会说，这道不知来自何处的亮光是由积雪本身产生，扩散到空中去的。渐渐地远方最高的山顶呈现出淡淡的、像鲜肉似的粉红色，接着，火红的太阳从壮丽雄伟的伯尔尼山后面升起了。

乌尔里希·孔西又出发了，他像个猎人那样，俯着身子，寻找着老人的足迹，一面对他的大山狗说："找吧，胖胖，找吧。"

接着他又下山了，仔细地察看着一个个深渊里有没有人，还时常发出响亮的拖得长长的喊叫，他的呼喊声很快就消失在寂静的空间。后来，他又把耳朵贴在地面上仔细聆听，他相信自己听到了什

么声音；于是他又开始奔跑，并且再次大声呼喊，但是他又什么也听不到了。他坐下来，感到精疲力竭，灰心失望，快到中午了，他吃了午餐，也给狗吃了点东西，扎姆像他一样已经疲倦不堪。

接着，他又继续搜索。

傍晚来临的时候，他还在走着，他已经走了至少有五十公里的山路。由于离开小客栈太远，已经回不去了，人也太疲劳，再也走不动了，他只得在雪地上掘了个避风洞，和他的狗一起蜷缩在洞里，身上盖了一条他随身带来的毛毯。孔西和扎姆紧靠在一起，睡在雪洞里，相互取暖，然而他们还是觉得冷彻骨髓。

乌尔里希冷得浑身发抖，他根本睡不着，脑子里一直在胡思乱想。

第二天他起身时，天快亮了。他的小腿被冻得像铁棒一样僵硬。他情绪低落，苦恼得忍不住哭了起来。只要他以为听到了什么声音，他的心就怦怦乱跳，激动得倒在地上。

他突然想到，这样孤零零的一个人，他会冻死的。死的恐惧激起了他求生的活力，使他又重新振作起来。

他朝着山下的小客栈方向走去，跌倒了，又站起来继续前进，扎姆在他身后远远地跟着，它的一条腿瘸了，一拐一拐地走着。

一直到下午四点钟，他们才到达施瓦岑巴赫小客栈。屋子里仍然是空荡荡的，年轻人生了火，吃了一点东西后就睡觉了。他心乱如麻，反而什么也不想了。

他酣睡了很长时间，睡得很死，但是突然一个声音，一声"乌尔里希"的叫喊，把他从长时间的沉睡中惊醒，使他从床上直坐起来。这是在做梦吗？这是心神不宁的人在梦中发出的怪声吗？不，他确确实实听到有人在呼唤他，这个叫声进入了他的耳朵，留在他的肉体里，一直传到他痉挛的指尖上。刚才一定有人在呼喊！在叫

## 大作家讲的小故事

"乌尔里希"！有人在那儿，就在房子附近，这是毫无疑问的。于是他打开了门，用足力气呼喊道："是你吗，加施帕尔？"

但是没有人回答他。没有任何咕哝声，也没有任何呻吟声，什么都听不到。夜已经很深了，冰雪显得苍白暗淡。

起风了，那是一种可以使石头开裂，使这荒无人烟的高山显得一片肃杀的刺骨寒风。它阵阵呼啸，比沙漠中的热风更加严酷，更能致人死命。乌尔里希又叫道："加施帕尔！加施帕尔！加施帕尔！"

然后，他又等候了一会儿，山上的一切仍然寂静无声。这时，他突然害怕起来，一跃就跳进屋里，关上门，插上闩，倒在一把椅子里瑟缩发抖。刚才肯定是他伙伴濒死时的呼唤。

因此可以肯定，就像一个人活着，或者在吃面包一样肯定，加施帕尔·哈里老头两天三夜以来，一定是在什么地方咽气了，在某个洞穴内，在某个闪耀着白光的深邃的山沟里，那种白色比山洞里的黑暗更加阴森可怕。哈里奄奄一息已经两天三夜，他刚才死去的时候心里还想着自己的伙伴。他的灵魂一得到自由，就飞回乌尔里希睡觉的小客栈来了。他的灵魂曾经呼喊他，这是被一种可怕而又神秘的力量支配的。死人的灵魂就是这样迷惑活人的。这个无声的灵魂已经向熟睡的精疲力竭的灵魂呼喊过了。它是在向他告别，或者是斥责他，或者是诅咒他，因为他没有竭尽全力仔细地寻找自己的伙伴。

乌尔里希感到哈里的灵魂就在那儿，就在附近，在墙外，在他刚刚关闭的门外边。它正在到处漫游，就像一只夜鸟，用它的翅膀轻轻地拍打着有亮光的窗户。年轻人被吓得魂不附体，惊恐万状，差不多要大声呼喊了。他想逃跑，但又不敢出门。他根本没有这份胆量，而且从此以后，他也绝不敢再走出门去。因为幽灵将日日夜

夜都待在那儿,在小客栈的周围游荡。只要老人的遗体一天没有被发现,没有被安葬在教堂里被祝福过的墓地里,他的灵魂就不会离开这儿。

天亮了。随着阳光的重新出现,孔西的胆子也壮了一点。他为自己准备了饭,也给狗做了一些食物,接着就坐在椅子里冥思苦想起来。想到躺在雪地里的老向导,他就心如刀绞,非常痛苦。

后来,夜幕又渐渐降临群山,新的恐惧又开始向他袭来。他在只有一支蜡烛照亮的、黑糊糊的厨房里来回踱步。他迈着大步从厨房的这一头走到那一头,仔细地倾听着,倾听昨天晚上那个可怕的喊叫声会不会再透过万籁俱寂的空间传来。他觉得自己十分孤独,十分不幸,因为从来没有人这样孤独地生活过。他现在孤身一人在这荒凉的冰天雪地里,孤身一人在高出居民区两千米以上的地方,在居民住房的上空,在生气勃勃、热闹兴奋的生活上空,孤身一人待在冰冻凝固的空气中。他发疯似的盼望能从这儿逃出去,不管逃到哪儿去,不管如何逃。他要跳下深渊,到山下的洛埃歇村去,然而他却连门也不敢开,因为他确信另一个人,那个死去了的老伙伴,由于不愿意孤零零地留在山上,正在路上等着他呢!

到了半夜时分,因为他白天走累了,再加上焦急和害怕,最后他瘫倒在椅子里,因为他怕他的床也会闹鬼。

蓦地,像昨天夜里一样的一声尖叫钻进了他的耳朵,声音是那样凄厉刺耳,乌尔里希不由得伸出两条胳膊去驱赶那个幽灵,结果他却连着椅子一起仰面翻倒在地。

扎姆被他倒地的声音惊醒了,立刻像受惊的狗一般嗥叫起来。它在屋子里到处打转,搜索着危险来自何方。它走到门边,用鼻子嗅着门下,喘着粗气,用力地闻着,全身的毛根根倒竖,尾巴挺得笔直,咕噜咕噜地嗥叫着。

## 大作家讲的小故事

孔西惊恐万状地从地上爬起来,他抓住一只椅腿,把椅子举起,大声叫着:"别进来,别进来,要不我就宰了你!"扎姆受了他这个威胁声音的刺激,发疯似的朝着那个看不见的被它主人斥责的敌人狂吠起来。

扎姆渐渐地平静了下来,又回到炉子前面躺下,但是它仍然心神不定,依然目露凶光,龇着獠牙,不停地咕噜着。

乌尔里希也清醒了,然而他由于感到害怕而浑身无力,便走到餐具柜前拿了一瓶烧酒,一口接一口地连喝了好几杯。他的神志有些恍惚,他又有了勇气,一股兴奋的激情传遍全身,热血在血管里奔突。

第二天他没有吃什么东西,光喝烧酒。他就这样像个醉鬼样生活了几天。一想起加施帕尔他就开始喝酒,一直喝到醉倒在地方才罢休。他躺倒在地,额头抵在地上,烂醉如泥,四肢像断了一样,发出很响的鼾声。可是每当他把灼人肺腑、使人神志迷糊的烧酒消耗完,那个永远不变的叫声"乌尔里希"就像一颗子弹射进他脑壳一样把他惊醒。他跟跟跄跄地爬起来,伸着两只手维持平衡,以免跌倒。他喊扎姆来帮助他。可是那条狗像他主人一样也有些疯了,一听到喊声它就冲到门口,用爪子在门上乱抓,还用它白色的獠牙在门上乱啃,与此同时,孔西仰着脖子,面孔朝天,像人在奔跑后喝冷水一样,拼命灌烧酒。烧酒又一次使他的思想、他的记忆、他的恐惧麻痹了。

三个星期以内,他把储存的烧酒喝了个精光。这种持续的酩酊大醉仅仅减轻了一些他的恐惧,可是当他无法再平息这种恐惧时,这种恐惧就变得更加厉害了。他那一成不变的念头,由于一个月的烂醉而更加坚定不移,在他那与世隔绝的完全孤独的生活里根深蒂固了,像一把锥子似的钻进了他的心里。他现在就像一头被关在笼子里的野兽,在他的屋子里一刻不停地走来走去,有时把耳朵贴在门上聆听,是不是那个幽灵还在外面,会不会穿过墙壁来向他挑衅。

后来,他累得实在支持不住了,可是每当他迷迷糊糊要睡着时,就听见有声音,他又立刻吓得跳了起来。

终于有一个晚上,他像一个被逼得走投无路的懦夫一样实在忍不住了。他冲到门口,把门打开,想走出去看看到底是谁在外面叫他,并强迫他别再叫了。

迎面扑来一阵寒风,冷气直透他的骨髓,他立即关上门,插上闩,匆忙中没有发觉扎姆在他开门时已经冲到了门外。那时他只觉得自己被冻得浑身发抖,就赶紧朝火炉里又扔了几根木柴,坐下烤火取暖。突然他又一阵哆嗦,因为他听见有人在抓墙壁,还在呜咽哭泣。

他惊恐万状地大声喊叫起来:"滚开!"然而回答他的却是一声长长的痛苦的哀鸣。

他最后一点儿理智也被吓掉了,他又叫了一遍:"滚开!"一面转过身子在屋子里找个可以藏身的角落。外面的呜咽声不断地从屋外四周传进来,还有摩擦墙壁的声音。乌尔里希冲到放满餐具和食物的橡木餐具柜前面,用超人的力气把它抬起一点儿,一直拖到门口,挡在那儿。接着他又把所有其余的家具、床垫、草褥以及椅子等东西统统堆在窗前,把窗户堵了个严严实实,就像要对付敌人的围攻一样。

门外的那个家伙现在发出的是一阵阵长长的凄厉的哀鸣,屋子里的年轻人也用相似的哀鸣来回答。

他们双方就这样嗥叫着相持了几天几夜。外面的一个不停地绕着屋子兜圈子,还用爪子用力地抓墙壁,仿佛想把墙壁挖穿似的。

## 大作家讲的小故事

屋子里面的一个则警惕地注意着门外所有的动静，他弯着腰，耳朵贴在墙上，用他可怕的喊叫回答门外的各种声音。

一天傍晚，乌尔里希忽然不再听到屋子外面有任何动静了，他坐了下来。他是那样疲劳，以致一坐下来就立刻睡着了。

他醒过来时脑子什么也不想，什么念头也没有了，似乎在他熟睡的时候他的脑袋里的东西全都飞走了。他感到很饿，吃了一点东西。

冬天过去了，格米山口又可以通行了。豪泽尔家动身返回他们山上的小客栈。

他们登上坡顶后，豪泽尔太太母女两人骑上了骡子，谈论着她们就要见面的两个向导。

她们两人感到很奇怪，这两个向导，在山路可以通行后，怎么一个也没有下山来，跟她们谈谈他们在山上度过漫长的冬天的情况。

他们终于看见小客栈了。小客栈依然被积雪覆盖着，掩埋着。客栈的门窗紧闭，只有一缕炊烟从烟囱中溢出，这使豪泽尔先生稍微放心了些。可是当走近小客栈时，他们看见门前有被老鹰啄食过的动物的残骸，一架侧卧着的很大的骨骼。

大家仔细察看着。豪泽尔太太首先说："那一定是扎姆的骨头！"说罢她就用力地喊道："嗨，加施帕尔！"从屋子里传出一声凄厉的喊叫，很像是一头野兽的呼叫。接着，豪泽尔先生也喊道："喂！加施帕尔！"又听到了跟刚才一样的另一声喊叫从屋子里传出来。

这时，三个男人——豪泽尔先生和他两个儿子——试图打开紧闭的门，可是门打不开。他们只得到空着的牲畜棚里取来一根木梁，用来当做羊头撞锤猛烈地撞门。木门发出碎裂声，被撞开了，木板被撞成了碎片，飞溅开去，房子在猛烈的撞击声中摇晃着。他们看到屋子里面翻倒在地的橡木餐具柜后面，站着一个男人，他头发披到肩上，胡须垂到胸前，一双眼睛闪闪发光，身上的衣服破烂不堪。

他们都认不出他是谁，可是路易丝·豪泽尔叫了起来："妈妈，他是乌尔里希！"她母亲也认出了他就是乌尔里希，虽然他的头发已经全部变白了。

乌尔里希听任他们走近他，抚摸他，但是他根本不回答他们向他提出的任何问题。他们不得不把他送到洛埃歇村去，那里的医生确认说他疯了。

永远也没有人知道他那位伙伴的下落。

这年夏天，豪泽尔小姐悒郁不乐，大病了一场，差点儿死去。有人说因为是山上气候太冷的缘故。

赏析与品读

文章中，作者极善于用心理分析的方法来展现人物的内心世界。莫泊桑创作灵感最丰沛的几年，也是他病魔缠身的时期，眩晕、眼疾、幻觉接踵而来，甚至有时要用乙醚来刺激精神，对幻觉和疯狂的恐惧焦虑时时萦绕心间，他把这些体验感受通通化成具有神秘怪诞色彩和心理倾向的小说，心理描写细腻、深刻。

故事中的主人公乌尔里希在客栈里唯一的同伴加施帕尔·哈里失踪后，作者描述了他从孤独到害怕再到惊恐最后发疯这样一个过程。如文中所描写的："后来年轻人又走进屋子，坐下烤火暖暖手

### 大作家讲的小故事

脚,同时设想着哈里可能会遇到的意外事故。加施帕尔可能跌断了腿,跌进了哪个窟窿里;也可能踏了个空,扭伤了脚踝骨,那么他也许正躺在雪地上,冻得四肢僵硬,失去了希望,迷失了道路,也许还在大声呼救,在寂静的夜晚拼命地呼喊呢。"这样的心理描写在文章中多次出现,值得品味。

# 西蒙的爸爸

● 带着问题读一读,你会收获更多 ●

1. 如果你是那些孩子中的一个,你会怎么对待西蒙?
2. 真实是艺术的生命,莫泊桑的作品以极度的真实深刻见称,你觉得西蒙想自杀前看小鱼捕食和抓青蛙玩的细节真实吗?

## 大作家讲的小故事

中午十二点的钟声刚响完,学校的大门就打开了。孩子们争先恐后、你推我攘地抢着走出来,但他们不像平时一样很快四散分开,各自回家去吃午饭,却在几步外停下来,一簇簇聚集在一起,交头接耳,叽叽喳喳地议论起什么来。

原来今天早上那个名叫布朗肖特的女人的儿子第一次到学校里来上课了。

这些孩子在家里都听到大人们谈起过布朗肖特,尽管在公开场合里大家都对她笑脸相迎,但这些做母亲的背后谈起她时都带着一种怜悯而又有点轻蔑的态度。这种态度也感染了孩子,虽然他们并不明白到底是为什么。

他们也不认识西蒙,因为他从不走出家门。他没有和他们一起在村子里的街道上或河边追逐戏耍过,因此他们不大喜欢他。他们从一个十四五岁的大孩子——他狡猾地眨着眼睛,似乎什么都知道——处听到这样一句话,怀着既有几分欣喜又相当惊奇的心情一个传告一个:

"你们知道吧……西蒙……嘿嘿,他没有爸爸。"

这时布朗肖特的儿子走出校门来了。

他七八岁光景,面色有点苍白,身上十分干净,怯生生,显得很拘束的样子。

他正准备回到母亲身边去。这时,这一群群一直在交头接耳的同学,带着孩子们想干坏事时那种特有的狡猾而凶狠的目光,慢慢地围上来,最后把他圈在中央。他吃惊而又窘迫地站在他们当中,不知道他们要干什么。那个传布新闻的大孩子,看到自己带来的消息已经发生作用,得意洋洋地问他道:

"你叫什么名字?"

他回答道:"西蒙。"

"西蒙什么呀?"那一个又问。

这孩子惊慌失措地又重复了一句:"西蒙。"

大孩子向他吼起来:"西蒙后面总还得有点什么啊……单单西蒙……这不是一个完整的名字。"

他就要哭出来了,第三次回答道:

"我的名字就叫西蒙。"

这些调皮的孩子都笑起来。那个大孩子更加得意,提高嗓门说:"你们都看到了吧,他没有爸爸。"

一下子静下来。这些孩子都呆住了:一个小孩子竟然没有爸爸,这真是一件反常的、不可思议的、极其古怪的事情。他们简直把他看成一个怪物,一个违反自然的东西了。此刻他们觉得,本来一直没有得到解释的、他们的母亲对布朗肖特的那种轻蔑在他们的心里增强了。

西蒙呢,他仿佛被一桩无法挽救的灾难惊得呆住了,倚在一棵树上才没有跌倒。他想辩解,想否认他们说他没有爸爸这一可怕的事实,但他找不出话来驳倒他们。他脸色惨白,最后不顾一切地朝他们嚷道:"有,我也有个爸爸。"

"他在哪儿?"那个大孩子问。

西蒙说不出来了,因为他不知道。孩子们嘻嘻哈哈笑着,更加兴奋起来。我们常常看到,一个鸡场里的母鸡,只要发现它们中间有一只受了伤,就会争着上去给予致命的一啄,这些和动物差不多的乡下孩子此刻也产生了这种残忍的欲望。但就在这时,西蒙突然发现在他们中间有一个邻居的小孩,是一个寡妇的儿子,他平时总见他孤单单地只和妈妈在一起。

"你也没有,"他说,"你也没有爸爸。"

"我有,"那个孩子回答,"我有爸爸。"

## 大作家讲的小故事

"他在哪里？"西蒙反问。

"他死了，"那个孩子傲气十足地说，"我的爸爸，他躺在墓地里。"

一阵嗡嗡的赞许声在这群调皮鬼中传开，好像有一个躺在墓地里的死了的爸爸这一事实抬高了他们同伴的身价，压倒了这个什么都没有的孩子。这些淘气鬼——他们的父亲大都是坏蛋、酒鬼、小偷，并且都是一些折磨妻子的人——互相推推搡搡，越挤越紧，好像作为合法儿子的他们要把这个非法的儿子挤死似的。

一个站在西蒙面前的孩子突然对他伸了伸舌头，做了个鬼脸，大声喊道：

"没有爸爸！没有爸爸！"

西蒙两只手揪住他的头发，一面狠狠地咬他的面颊，一面用脚不停地踢他的双腿。这时人群大乱。等到两个打架的人被拉开，西蒙已经挨了打，鼻青眼肿，滚倒在地，衣服也撕破了。这些顽童围着他拍手叫好。他站起来，机械地掸了掸身上满是尘土的小罩衫。这时一个孩子对他叫道：

"去告诉你的爸爸吧！"

他顿时心里一沉，觉得什么都完了。他们比他强大，他们打了他，但他却无法抗辩，因为他非常清楚，他是真的没有爸爸。他就要哭出来了，但出于一股傲气，有好几秒钟他强忍住眼泪，然而后来憋得透不过气来了，就闷着声音抽抽噎噎地哭起来，一面哭，一面浑身簌簌地发抖。

这时他的敌人中间爆发出一阵凶残的笑声，他们就像野人们狂欢时那样，翻来覆去地叫着："没有爸爸！没有爸爸！"

西蒙忽然停止了哭泣。他气疯了，脚下正好有几块石头，他捡起来，使尽全身力气向这些欺负他的人掷去。有两三个人被打中，号叫着逃走了。他的脸色如此可怕，使得其余的人也吓慌了，就像人群在一个气得发狂的人面前总会感到害怕一样，大家四散逃走了。

剩下他一个人了，这个没有父亲的孩子突然向田野里奔去，因为他想起了一件事情，这使他下了一个很大的决心——他想投河自杀。

他想起来的是这么一件事。一周以前，一个靠乞讨为生的可怜的人，因为实在活不下去，投水自尽。人们把他打捞起来的时候，西蒙正好在场。西蒙平时总觉得这个不幸的人怪可怜的，又脏又丑。这时使他惊奇的是这个人死后的神态却非常安详，尽管双颊苍白，长胡子湿淋淋的，两只眼睛睁着，但神色很是平静。周围的人说："他死了。"一个人又补充了一句："他现在倒幸福了。"西蒙因此也想投河，因为他没有爸爸，就像这个可怜虫没有钱一样。

他来到河边，看着潺潺的流水。几条鱼儿在清澈的河水里追逐嬉戏着，有时轻轻一跃，一口叼住正在水面上飞舞着的小虫子。鱼儿的这种技巧使他入迷，他看着看着，哭声也停止了。然而，正如风暴有时会消失在天边，暂时平静一下，突然又会狂风大作，吹得树木哗哗作响一样，刚才瞬间忘记的念头又伴随着尖锐的痛苦回到心头："我要跳河，因为我没有爸爸。"

天气很暖和，叫人感到非常舒适。温暖的阳光把草地晒得热烘烘的。水面像镜子似的闪闪发光。西蒙有一下子觉得非常惬意，加上随着啼哭以后而来的那种困倦，真想在这暖洋洋的草地上睡上一觉。

一只碧绿的小青蛙跳到他的脚下。他想捉住它，但它逃走了。他追上去，一连三次都没有捉到，最后总算抓住了它的两条后腿。

### 大作家讲的小故事

看着这个小动物挣扎着想逃跑的情形，他笑起来了。小青蛙蜷缩起两条大腿，然后猛地一伸，两条腿骤然拉长，硬得像两根棍子；与此同时，镶着一圈金边的眼睛睁得滚圆，两条前腿像手臂似的舞动着。这使他想起了一件玩具，那是用狭长的小木片交叉钉起来的，木片上端还钉着一个小兵，木片可以活动，就是用现在抓住这只青蛙后腿的相似的动作来操纵小兵的操练。这时他又想起了家，想起了母亲，一阵伤心，他又哭了起来，直哭得浑身打颤。后来他又跪下来，像睡前那样做起祷告来。

但他没有能做完祷告，因为一阵阵急促的哽咽涌上来，他哭得不能自持。他什么也不想，对周围的一切什么也不看，一味沉溺在哭泣中。

突然，一只沉甸甸的大手按在他的肩头上，一个粗重的声音问他道："什么事情叫你这么伤心啊，小家伙？"

西蒙掉转身子，一个长着黑色鬈曲的头发和胡须的大个子工人正亲切地看着他。他两眼含泪，哽咽着回答说：

"他们打我……因为……因为我……我……没有……爸爸……没有爸爸。"

"怎么，"这个人微笑着说，"每个人都有个爸爸呀！"

孩子在一阵阵伤心的抽噎中好不容易又说道："我……我……我没有爸爸。"

这时这个工人神态认真起来了，他已认出这个孩子是布朗肖特的儿子。尽管他新近才到这个地方来，但他已隐隐约约知道她的一些事情。

"好啦，"他说，"不要难过了，我的孩子，跟我一起回到妈妈身边去吧。有人会给你……会给你找个爸爸的。"

这个大人搀着这个小人儿的手，两个人一同走了。大个子工人

脸上又露出笑意，因为听人家说，在当地最漂亮的姑娘中，布朗肖特可以数得上一个，去见一见她可不是一件坏事。而且，说不定他的内心深处还在想，一个犯过错误的姑娘很可能再犯一次错误呢。

他们来到一座非常干净的白色小房子面前。

"就是这里。"孩子说，一面叫道，"妈妈！"

一个女人走出来了。工人马上收敛起笑容，因为他立刻明白，跟这个面色苍白的高个子姑娘是再也开不得玩笑的。她神态严肃地站在门口，好像再也不让一个男人跨进这座房子的门槛，因为她已经在这里受过一个男人的欺侮了。他惶恐不安地捏着鸭舌帽，结结巴巴地说：

"您看，太太，我把您的孩子带回来了。他在河边迷了路。"

西蒙跳上去搂着他母亲的脖子，哭着说道：

"不是迷路，妈妈，我想跳河，因为那些同学打我……打我……说我没有爸爸。"

这个年轻的女人立刻两颊绯红，痛苦得像万箭穿心，紧紧抱住她的孩子，眼泪簌簌地流下来。工人被感动了，呆呆地立在那里，不知道如何离开才好。西蒙忽然朝他跑来，并对他说道：

"您愿意做我的爸爸吗？"

一阵沉寂。布朗肖特羞得无地自容，两只手捂住胸口，靠在墙上，默默地忍受着痛苦的折磨。西蒙看到对方不回答他的话，又说道：

"要是你不愿意，我就再去跳河。"

这个工人只能把这当做玩笑来回答，笑着说道：

"是啊，我自然很愿意。"

"你叫什么名字？"孩子接着又问道，"如果那些人问起时，我就好回答了。"

## 大作家讲的小故事

"菲利普。"工人回答。

西蒙有一会儿默不作声，他把这个名字牢牢地记在心里，然后伸出双臂，非常开心地说：

"这么说，菲利普，你是我的爸爸了。"

工人忽然把他抱起来，在他的双颊上各吻了一下，然后迈开大步飞快地逃走了。

第二天，当孩子走进学校的时候，迎接他的是一阵恶意的笑声。放学时，那个大孩子又想再一次捉弄他，西蒙像掷石头似的把话扔过去："我的爸爸名字叫菲利普。"

四下里响起嘻嘻哈哈的哄叫声：

"菲利普是谁？……菲利普是什么人？……菲利普是个啥东西？……你从哪里弄来这个菲利普的？"

西蒙什么也不回答。他充满信心，用蔑视的眼光看着他们，准备宁可受他们的折磨也不逃跑。后来还是校长替他解了围，他才得以回家。

一连三个月，大个子工人菲利普不断在布朗肖特家附近走过，有几次见到她在窗前做针线时，就鼓起勇气走上前去和她讲话。她礼貌地回答了他，面色始终很庄重，一次也没有对他笑过，也从未邀他到屋里去坐坐。不过，正如所有男人都有点自命不凡一样，他自以为她在和他谈话时，脸色常常比平时要红一些。

但一个人的名誉一旦受到损害，恢复起来就异常困难，即使恢复了，也十分脆弱。因此，尽管布朗肖特提心吊胆，处处谨慎小心，当地已经有人在背后讲闲话了。

至于西蒙，他非常喜欢他的新爸爸。在菲利普一天的劳动结束以后，西蒙几乎每晚都和他一起散步。西蒙按时到学校上课，从不旷课，他神色庄严地在同学面前走过，再也不答理他们。

然而有一天，那个带头攻击他的大孩子又对他说：

"你说谎，你根本没有一个名叫菲利普的爸爸。"

"为什么没有？"西蒙非常激动地问道。

大孩子得意地搓着双手说：

"因为要是你有一个爸爸的话，这个爸爸就应该是你妈妈的丈夫。"

西蒙在这名正言顺的道理面前慌张起来，但他还是硬着头皮回答道："不管怎么说，他就是我的爸爸。"

"这也很可能，"大孩子冷笑着说，"不过这不完全是你爸爸。"

布朗肖特的儿子垂着头，困惑不安地朝着卢瓦宗老头开的铁匠铺方向走去。菲利普就在那里干活。

这个铁匠铺好像隐藏在树丛里，铺子里非常阴暗，只有一个奇大无比的炉子发出闪闪的红光，映出五个铁匠的巨大身影。这五个铁匠正光着胳膊在铁砧上敲打着，发出叮叮当当震耳欲聋的声音。他们稳稳地站着，眼睛盯着手中反复敲打的火红的铁块，样子简直好像火中的魔鬼。他们沉闷的思想也随着铁锤一起一落。

没有人注意西蒙进去。他悄悄地走到他的朋友身边，拉了拉他的袖子，菲利普转过头来，手中的活儿顿时停下来。所有的人也都跟着停下来注意地看着他们。在这少有的静寂中，响起了西蒙清脆细弱的声音：

"喂，菲利普，刚才米肖大妈的儿子告诉我，你不完全是我的爸爸。"

"为什么呢？"这个工人问道。

孩子答得天真烂漫：

"因为你不是我妈妈的丈夫。"

## 大作家讲的小故事

一个人也没有笑。菲利普站在那里一动也不动，两只大手拄着直立在铁砧上的锤柄，额头靠在手背上。他在沉思。他的四个伙伴看着他。西蒙在这几个巨人中间简直是个小不点儿，他焦急地等待着。突然，一个铁匠开口了，他对菲利普说出了大家的心里话：

"虽说她遭过不幸，布朗肖特仍旧是个善良诚实的好姑娘，她坚强勇敢，规规矩矩，她完全配得上一个正直的男人。"

"这是真的。"另外三个人说。

那个工人又继续说道：

"要说她失足过，难道是这姑娘的过错吗？人家本来答应和她结婚的。我就认识好几个以前有过和她一样遭遇的女人，现在照常受到人们的尊敬。"

"这是真的。"

"这个可怜的女人，一个人把孩子抚养大，吃了多少苦啊！平时除了上教堂，她哪里也不去，她这样做该多伤心啊！这些痛苦只有仁慈的天主才知道。"

"这也是真的。"那几个说。

接下来只听见风箱呼哧呼哧扇动炉火的声音，没有人再讲话。

菲利普突然弯下腰来对西蒙说：

"去告诉你妈妈，就说我今晚要去和她谈谈。"

说罢，他推着孩子的肩膀，把他送出去了。

他又回来打铁。顿时五把铁锤齐声落在铁砧上，好像铁锤也心满意足一样。他们打得坚实有力，欢快酣畅，一直打到晚上。不过，正如主教座堂里的巨钟在节日里鸣响时超过其他钟声一样，菲利普锤子的敲打声也压倒了其他人。他屹立在迸射的火花中，两眼炯炯发亮，手中的锤子一下又一下，热情顽强地打着，分秒不停，发出震耳欲聋的声音。

满天星斗时分，他来到布朗肖特家敲门。他穿着节假日才穿的最好的罩衫和干净的衬衣，胡子也刮过了。年轻的女人在门口出现了，她带着很为难的样子说：

"对不起，菲利普先生，这么晚了，我不大方便接待您。"

他想回答，但结结巴巴说不出来，惶乱不安地站在她面前。

她又说道："您总该理解，不能再让人家议论我了。"

这时他突然开口了。

"这又有什么关系，"他说，"只要您愿意做我的妻子就行了。"

没有声音回答他，但他相信听到了阴暗的屋子里有人倒下去的声音，他急忙走进去。已经睡在床上的西蒙听出了接吻的声音和他母亲喃喃的几句低语。后来，他突然觉得被他的朋友抱了起来。他的朋友用他那双海格立斯①式的胳膊举着他，大声对他说：

"你去对他们，对你的那些同学讲，你的爸爸就是铁匠菲利普·雷米，谁要是欺负你，他就要拧谁的耳朵。"

第二天，当全班同学都已到齐，就要开始上课的时候，小西蒙站起来，他脸色苍白，嘴唇抖抖地用响亮的声音说："我的爸爸就是铁匠菲利普·雷米，他已说过，谁要是欺负我，他就要拧谁的耳朵。"

这一次再没有一个人笑了，因为大家对铁匠菲利普·雷米都很熟悉，有这么一个人做爸爸，谁都会感到骄傲的。

---

① 海格立斯：古希腊神话中的英雄，以非凡的力气和勇武的功绩著称。

## 大作家讲的小故事

### 赏析与品读

　　莫泊桑在诺曼底乡间与城镇度过了他的童年和青少年时代，故乡的人情世态、风俗习惯也对他影响颇深，成为他短篇小说创作的主要源泉之一，他通过人生或现实的片段，突出世态人情的某一方面，表现整个时代和社会的形象。《西蒙的爸爸》讲的主人公从偶然同情西蒙到去关心这个家庭、这个母亲，为了爱护这个孩子而同情母亲，以至于走进这个家庭成为孩子真正的父亲、母亲真正的丈夫，其高尚情怀表现在一点一滴的生活中。

　　莫泊桑在人生悲欢离合的冷暖百态中洞悉人情世故，对人性进行内在省思。他写尽人间之情，如纯情之情、亲情之情、国家民族之情，表现人性的善。文章中的西蒙十分可怜，菲利普富有爱心。在生活中，我们应关心孤儿、留守儿童等许多需要爱的人，要让他们健健康康地成长，感觉到爱的温暖。

# 快乐的死刑犯

● 带着问题读一读，你会收获更多 ●

1. 文章开头的环境描写有什么作用？请结合文意简要回答。
2. 摩洛哥王国的问题并没有根本解决，你有什么好的建议给国王吗？

## 大作家讲的小故事

**有**时候真实的事可能并不像真实的。这里又有一个例子。

凡是在这个季节里回巴黎去的巴黎人，都熟悉从马赛到热那亚之间的那长长的一连串迷人的城市。四月初动身，离开北方海滨，来到这些娇小玲珑的城市。正好就在这段时间里，它们将要成为名副其实的花丛，整个田野就像一个大花园，玫瑰和橙花到处怒放。

走进所有这些豪华的居留地，其中有一个特别可爱。它不仅是一个城市，而且是一个王国，一个小小的王国，说真的，是一个格罗耳施太因①大公国。

小小的摩纳哥王国坐落在一个鲜花盛开的悬崖上，悬崖背上有一大片白色的房屋和它那富丽堂皇的宫殿。这个国家的君主比马可可②国王更有独立性，比普鲁士的威廉③陛下更加专横，比已故的法兰西国王路易十四④更加讲究繁文缛节。

毋庸担心入侵和动乱，他靠着日常礼仪即可平安无事地统治他为数不多的臣民。在讲究虚礼的宫廷中，人们还在行屈膝礼。

他有他的将军和八十人的军队，他的主教、神职人员、外国大使晋见时的引导人，比如格兰维先生，以及一整套头衔冠冕堂皇的官吏。这是所有无可置疑的拥有绝对君权的国王所必不可少的。

不过这位君主既不残暴也不爱报复。当他要驱逐某个人时——

---

① 格罗耳施太因：德国西部村镇，距特里尔这个城市50千米，在1880年左右只有一千居民。它从来不曾是个大公国，不过奥芬巴赫1876年曾写过一出滑稽歌剧叫《格罗耳施太因大公夫人》，其中把格罗耳施太因说成是大公国。
② 马可可：非洲巴特克族酋长。法国探险家和殖民者布拉柴1879年进入刚果后与他签订保护条约，也就是用欺骗的手段把他的领地全部置于法国的保护之下。法国于是与比利时为了占有赤道非洲这片领地进行争夺。
③ 威廉国王（1797—1888）：指1861年至1888年在位的普鲁士国王威廉一世，也是德国皇帝。
④ 路易十四（1638—1715）：1643年至1715年在位的法国国王。

因为他有时是要驱逐人的——采取的方式是极其谨慎而有分寸的。

要拿出一些证明来吗？

一个顽固不化的赌徒，碰上一天赌运欠佳，竟然辱骂了君主。他被下令驱逐。

整整一个月，他在被禁止入内的天堂四周转来转去，害怕大天使的利剑以警卫手中的腰刀的形式，落在他的头上。终于有一天，他鼓起勇气，跨过边界，三十秒钟便抵达这个国家的中心。他走进赌场，但立即被一个门卫挡住了。

"先生，您不是已经被驱逐了吗？"

"是的，先生。不过我下一班火车马上就走。"

"噢！既然如此，好吧，先生，您可以进去。"

于是每个星期他都回来，每次回来那个门卫总是向他提出同样的问题，而他也总是同样回答。

司法部门还有比这更宽大的吗？

但就在最近几年，这个王国发生了一桩前所未有的、非常严重的事件。发生了一桩谋杀案！

一个男子——并不是人们经常遇到的那种成群结队的外国流浪汉，而是一个摩纳哥人，一个做丈夫的，一怒之下杀了他的妻子。

糟糕！他杀妻子是没有道理的，没有说得过去的借口。

整个王国群情激愤。

最高法院召集会议审理这一特殊案件（因为这个王国里还从未发生过凶杀案）。这个坏蛋被一致通过判处死刑。

愤慨的君主批准了这一判决。

剩下的事就是对罪犯执行死刑了。但困难出现了：这个国家既无剑子手，又无断头台。

怎么办呢？根据外交大臣的意见，君主着手和法国政府谈判，

## 大作家讲的小故事

希望法国政府能出借一个专门砍人脑袋的刽子手和他的工具。

在巴黎，内阁经过长时间的慎重考虑，最后的答复是寄来一份费用清单。运输这一木制杀人器具以及它的操作人的路费，总共需要一万六千法郎。

摩纳哥国王陛下心里想，这笔执行费用未免太贵了一点，杀人犯哪能值这么多钱？割断这么一个家伙的脖子竟要一万六千法郎！哎呀，这可不行！于是他又向意大利政府提出同样的要求，心想一个当国王的，一个兄弟，总不至于像一个共和政府那样斤斤计较。

意大利政府寄来一份账单，共需一万二千法郎。

一万二千法郎！那就非得开征一种新税不可，而这种税在每个居民头上要摊到两法郎。这足以在这个国家引起某种难以预料的混乱。①

这时候又有人想到，就简简单单地派一个士兵去砍掉这个无赖的脑袋不就行了？但被征求意见的将军犹犹豫豫地回答说，他手下的人可能没有使用刀斧的足够经验，而执行这一任务的人必须刀法十分娴熟才行。

亲王只好重新召集最高法院会议，把这一棘手的问题交由他们去解决。

大家翻来覆去磋商了好久，想不出一个切实可行的办法。最后院长建议把死刑减为无期徒刑。这一办法被采纳了。

但王国内也没有监狱，必须设立一个；又任命了一个狱卒，把犯人接过来。

半年中一切都很顺利，这个被监禁的人整天睡在他的那间小屋子里的一张草褥子上；狱卒则坐在门口的椅子上，整天看着来来往

---

① 依靠赌场的收入，摩纳哥从1869年起已经废除了动产和不动产税以及营业税和个人税。

## 大作家讲的小故事

往的游客。

但国王是个节俭的人，这是他一个小小的缺点。在他的王国里，哪怕一些最小的支出也必须经他亲自过目（这种开支单并不太长）。于是人们把有关这项新的开支——包括监狱的维修、犯人和狱卒的伙食——的账单交给他，尤其是狱卒的工资大大加重了王室的财政预算。

开头他只是皱了一下眉头，后来想到这项开支不是短期的（犯人还很年轻），于是他通知他的司法大臣采取措施，要取消这笔开支。

司法大臣向法院院长讨教。两人商妥取消狱卒这笔费用，让犯人自己看管自己——犯人肯定会逃跑，大家的问题也就迎刃而解了。

于是狱卒被打发回家，由法院厨房里的一个伙计继续负责早晚给犯人送去饭菜。可是这个罪犯丝毫没有想重新获得自由的企图。

有一天，由于疏忽，忘了给他送饭。于是他就大摇大摆地自己来要了。从此这就成了他的习惯：每到开饭时间，他就来和法院的下人们一起吃饭，省得厨子跑腿，他们因此而成了朋友。

饭后他总要出去散一会儿步，一直走到蒙特卡洛。有时他还走进赌场，在铺着绿色呢毯的赌台上压上五个法郎的赌注；赢了的时候，就在一家有名的餐馆里美美地吃上一顿，然后回到他的牢房里，从里面把门小心地关好。

他从没有一次在外面过夜。

这种局面对犯人无所谓，但使法官们很难堪。

最高法院重新开会，决定劝说罪犯离开摩纳哥。

当人们将这一决定通知他时，他回答得很干脆：

"我觉得你们很可笑，那么，我以后怎么办呢？我无法谋生，我已经没有家了。你们要我干什么呢？我是一个被判处死刑的人，你们不执行，我什么都没有说；接着我又被判无期徒刑，把我交给一个狱卒，随后你们又取消了我的狱卒，我还是没有说什么。

"现在，你们又要把我赶出这个国家。哼！不行。我是囚犯，是由你们审理判决的囚犯。我要忠实地接受给我的刑罚，我哪里也不去。"

最高法院惊得目瞪口呆，君主大为恼火，下令采取措施。

大家重新磋商。

最后决定向犯人提供一笔六百法郎的年金，让他到国外去生活。

他接受了。

他在距他从前的至高无上的国家只有五分钟路程的地方租了一块小小的园地，种上一些蔬菜，日子过得很快活，根本不把那些统治者放在眼里。

摩纳哥法院通过这一事例得到了教训，虽然嫌晚了一点，终于决定和法国政府协商解决这一问题。现在它总是把判过刑的犯人交给我们监禁，并付给我们一些费用。

在摩纳哥王国的司法档案里可以看到这一令人啼笑皆非的决定：支付这个家伙一笔年金，条件是要他同意离开摩纳哥国土。

以上所述肯定是事实，不过细节不能保证。

**赏析与品读**

快乐和死刑犯联系在一起，匪夷所思，读者的那点好奇心一看到这题目，只怕就像坐电梯，噌的一下就上去了。

故事说的是小小的摩纳哥王国，一个人因为杀害妻子被宣判死

刑。由于王国没有断头台和刽子手，国王又不愿花这笔冤枉钱，最后决定改判无期徒刑；但由于没有监狱，专门聘请了一位老头看守他，后来为了节约起见，当局决定解雇看守，想让犯人自行逃离。谁知犯人居然安然呆在牢房里，根本就无意逃跑。最后只好每年给他六百法郎年金劝他离开。

　　这是一个看似荒诞而又有意思的故事，读完之后一定让你啼笑皆非。

# 羊脂球

● 带着问题读一读,你会收获更多 ●

1. 文章在对旅馆老板弗朗维的四次哮喘的描写中,不断变换角度和修辞形式,描写人物处于不同情形下哮喘的种种表现,妙语连篇,不落俗套,请从文中找出并体会其妙处。
2. 莫泊桑善于用细节描写来区别不同人物的性格,使人物个性相互对比、映衬,更显分明,比如乘客们在半路打哈欠的细节,比如饥饿时对待羊脂球的食物的细节,请从文中找出一两处这样的细节加以品味。

## 大作家讲的小故事

连好几天，溃退中的残军穿城而过。那已根本算不上是什么军队，只是一些七零八落的散兵游勇。那伙人的胡子又长又脏，军服破烂不堪；他们的步伐有气无力，没有军旗，也没有团帜。所有的人似乎都垂头丧气，疲惫不堪，脑子里迷迷糊糊，想不出一个念头，拿不定一个主意；他们仅仅依着惯性才在向前移动，只要停下来便会累倒。人们看到的大多是一些被征入伍的人，昔日爱好和平、与世无争的以年金为生的人，而今都被沉重的枪支压弯了腰；另外一些是年轻的国民别动队[①]，他们很容易受惊，也很容易冲动，随时准备进攻，也随时打算逃跑；还有几个混杂在这些人中间的穿红裤子的正规军步兵，他们是在一次大战役中伤亡惨重的某师的残余；还有一些和各色各样的步兵排在一起的穿深色军服的炮兵；偶尔还有个把戴着闪闪发亮的头盔的龙骑兵，他们迈着沉重的步子艰难地随着步兵们比较轻松的步伐向前走着。

接着，有着英勇称号的自由射手[②]的队伍——"复仇雪耻队"、"墓中公民队"、"勇往直前敢死队"——也过去了，他们的相貌神态跟土匪没有什么两样。

他们的长官，有的从前是做呢绒生意或者粮食生意的，有的曾经是油脂商或是肥皂商，他们因形势所迫才成了军人，并由于他们的财产多或者胡子长而被任命为军官。他们全身都佩挂着武器，穿着镶嵌金线的法兰绒军服，讲话时声音洪亮，经常讨论作战计划，并断言垂危的法国全是靠了他们这些自命不凡的人的肩膀才得以支

---

[①] 国民别动队：1868年重新成立的辅助部队，组成人员是一些抽到免役签的年轻人或花钱买替身服役的年轻人，他们在1870年的普法战争中虽然表现英勇，但也表现出无纪律和缺乏训练。

[②] 自由射手：普法战争时法国的游击队。1870年9月拿破仑三世在色当投降，巴黎爆发革命，法兰西第二帝国覆灭，国防政府成立后，接着在巴黎被围困期间，以及巴黎公社成立期间，他们担任了重要角色。

撑到今天。不过他们有时候也惧怕自己的部下,因为那些兵虽然勇猛无比,却都是些偷盗成性、沉湎于酒色的暴徒。

据说普鲁士军队快要进鲁昂①了。

两个月来,国民自卫军②一直在近郊的树林里小心翼翼地侦察敌情,有时候还开枪误杀了自己的哨兵。哪怕是一只小兔子在荆棘丛中稍有动作,他们就准备开战。现在他们都已逃回到自己家里。他们的武器、军服以及他们当时在三法里③之内拿来吓唬国道上的里程碑的所有杀人器械,一下子都无影无踪了。

最后一批法国士兵终于刚刚渡过了塞纳河,准备取道圣塞维尔和阿沙尔堡抵达奥德梅尔桥④。走在最后的是将军,他已经心灰意冷,带着这些残兵败将,再也无能为力了。一个素享英勇盛名、习惯于克敌制胜的民族,竟然遭到如此的惨败而崩溃,连将军自己也丧魂落魄了。他由左右两名副官陪伴,徒步走着。

此后,城市便笼罩在一片深沉的寂静之中。人们默默无言、惶恐不安地等待着。许多大腹便便的、做生意做得磨尽了男子气的老板,焦虑不安地等待着战胜者的到来,一想起那些人也许会把他们的烤肉铁扦或者大厨刀当做武器论处便心惊肉跳。

生活好像停止了,店铺关着门,街上静悄悄的。偶尔出现个把居民,也被这种寂静吓坏了,急忙贴着墙脚一溜而过。

等待引起的焦虑不安反而使人希望敌人早日来到。

---

① 鲁昂:法国塞纳滨海省省会,在塞纳河下游,为巴黎的外港,普法战争中被普鲁士军队占领。
② 国民自卫军:法国的人民武装组织,在居民点,从25岁到50岁的人中间招募来保卫当地城镇。
③ 法里:法国古里,一法里约合四千米。
④ 奥德梅尔桥:法国西北部厄尔省城镇,在鲁昂的西面。圣塞维尔是鲁昂隔塞纳河相望的一个郊区,阿沙尔堡是厄尔省接近鲁昂的一个城镇。在普鲁士军队进入鲁昂前,法国军队撤出鲁昂过塞纳河,经圣塞维尔和阿沙尔堡退到奥德梅尔桥。

## 大作家讲的小故事

在法国军队撤走的第二天下午，不知从哪儿钻出来几个普鲁士枪骑兵，飞一般地从城中穿过。随后，过了一些时候，从圣卡特琳坡道①下来了黑压压的一片人马，与此同时，从通往达内塔尔和布瓦纪尧姆②的两条大道上也出现了两大股入侵者。这三支队伍的先头部队恰好同时来到市政府广场会合。接着，德国军队便从附近的各条大街小巷上汇拢过来了，一营接着一营，迈着沉重而有节奏的步伐踩得石板路面橐橐作响。

沿着那些仿佛是无人居住的、死气沉沉的房子，传来了一阵阵陌生的、喉音很重的③口令声；就在这时候，在紧闭着的百叶窗后面，无数只眼睛在窥探着这些胜利者——他们根据"战时法"，可以主宰人们的财产，也可主宰人们的生命。

居民们躲在被他们遮得漆黑的房间里吓得胆战心惊，就像遇到了洪水泛滥和毁灭性的大地震，不论有多大的才智和多大的力量也无法抗拒。每当事物的正常秩序被打乱，安全不复存在，人类的法律和自然法则所保护的一切都听凭一种凶残的暴力来摆布时，人们都会产生这样的感觉。地震把整个民族压死在倒塌的房屋下面；泛滥的江河冲走淹死的农民、牛的尸体和房子的屋梁；打了胜仗的军队屠杀自卫者，带走俘虏，以腰刀的名义大肆抢劫，以隆隆的炮声感谢天主，所有这一切都是可怕的灾祸，动摇了我们对永恒的正义的信念，也使我们不能像有人教导我们的那样，再去信赖上天的保佑和人类的理性。

在每户人家的门口，都有人数不多的小分队在敲门，跟着便走进屋里。这是入侵以后接踵而来的占领行动。战败者开始履行义务

---

① 圣卡特琳坡道：在鲁昂市东南近郊。
② 达内塔尔和布瓦纪尧姆：鲁昂市郊的两个村镇，前者在东面，后者在北面。
③ 德语的发音喉音较重。

了,他们对战胜者必须和颜悦色,百依百顺。

过了一些时候,入侵者引起的最初恐怖过去了,出现了一种新的平静的气氛。

在很多家庭里,普鲁士军官上了主人家的餐桌。有的军官也颇有教养,出于礼貌,还对法国表示同情,说自己参加这场战争是身不由己,内心是十分厌恶的。人们当然对他的这种感情表示感谢,更何况有朝一日也许还需要他的保护呢。

再说,笼络好了他,说不定还可以少供养几个士兵。既然一切都得听凭他的摆布,那又何必去得罪他呢?而真要去冒犯他的话,与其说是勇敢,还不如说是鲁莽,而鲁莽这种毛病,鲁昂的市民不会再犯,因为他们当年英勇保卫鲁昂而使这座城市名扬天下的时代[①]已经过去了。最后他们从法国人待客的礼仪中找到了一条至高无上的理由,只要在公共场合不跟外国士兵表示亲热,在自己家里以礼待人还是允许的。于是,在公共场合,大家视同陌路,而在家里就谈笑风生,以致每天晚上,德国军官待在主人家壁炉前烤火的时间就更长了。

即使城市本身也慢慢地恢复了往日的面貌,法国人依然不常出门,可是普鲁士兵在街上已经比比皆是。再说,那些穿着蓝色制服的骠骑兵虽然神气活现地挎着又长又大的杀人武器在街上大摇大摆,可是他们那副对普通老百姓的轻蔑神态,也不见得比去年在这同几家咖啡馆里喝酒的法国步兵厉害。

不过在空气中总多了点儿什么东西,一种不可捉摸的、陌生的东西,一种使人难以忍受的异样的气氛,好像有一种气味散播开来了,那就是侵略的气味。这种气味充塞了各家各户和公共场所,改

---

[①] 指15世纪初叶鲁昂人民英勇反抗英国统治的光荣时代。

### 大作家讲的小故事

变了饮食的口味,使人感到仿佛旅居在遥远的、既野蛮又可怕的部落之中。

战胜者索取钱财,并贪得无厌。居民们总是如数照付,反正他们有的是钱。可是一个诺曼底①商人越是有钱就越吝啬,当他们在作出任何一点儿牺牲,看到自己的任何一点儿财产落到别人的手里时,心里都会感到痛苦。

与此同时,沿着城外河流往下两三法里,在克鲁瓦寨、迪耶普达尔或者比埃萨尔②附近,经常有船民和渔夫从水底下捞到穿着衣服、浸得胀胖了的德国人的尸体。这些人有的是被一刀砍死的或是被一脚踢死的,也有被当头一石头砸死的,或是被人从桥上推下水去淹死的。河底的淤泥掩藏着这种在暗中进行的、野蛮的和合法的报复行动。那些不为人知的英雄行为和无声的袭击,比光天化日下进行的战斗更加危险,可是没有扬名天下的荣耀。

因为对外族人的仇恨,总能激起一些大无畏的勇士,使他们随时准备为某种理想献出生命。

侵略者虽然迫使全城居民都屈从于他们铁的纪律,可是据传他们在胜利的进军中所干的勾当,在这里却一件都没有干过。于是大家的胆子又大了起来,当地大商人想重新经商的念头又蠢蠢欲动。有几个商人在当时还被法军据守的勒阿弗尔有大笔投资,所以他们很想试探一下,从陆路先去迪耶普③,然后再从那儿搭乘海船转赴那个港口。

他们借助于几个熟悉的德国军官的势力,终于从总司令部弄到

---

① 诺曼底:法国西北部旧省名。北邻英吉利海峡,包括现在的芒什、卡尔瓦多斯、厄尔、塞纳滨海、奥恩诸省。
② 它们是鲁昂附近,塞纳河下游的三个小镇。
③ 迪耶普:法国西北部塞纳滨海省港口城市,濒英吉利海峡。

了一张离境许可证。

于是，为了这趟旅行，定了一辆四匹马拉的大驿车，有十个人在车行里订了座位。他们决定在星期二早晨天不亮就出发，以免招来许多人围观。

好些天以来，由于天气严寒，地面冻得硬邦邦的。到了星期一下午三点钟光景，来自北方的乌云，带来一场大雪，从下午不停地下到晚上，接着又下了整整一夜。

清晨四点半，旅客们聚集在诺曼底旅店的院子里，他们要在那儿上车。

这些人还没有完全睡醒，身子披着毯子，还是冷得瑟瑟发抖。在黑暗中彼此都看不清楚。他们都穿着厚厚的冬衣，看上去就像一些穿着教士长袍的胖神父。不过有两个男人相互认出来了，第三个也凑了过去，一起交谈起来。一个说："我把我的妻子带去。"另两个说："我也带走。""我也一样。"第一个又接着说："我们不再回鲁昂了。如果普鲁士人向勒阿弗尔推进，我们就到英国去。"他们三人的计划相同，因为他们的性格相似。

还是没有人来套车。一个马夫提着一盏小风灯不时地从一扇黑洞洞的门里走出来，接着又马上钻进了另一扇门。可以听见马蹄踩地的声音，声音不大，因为地上有厩肥和垫草，屋子深处传来一个男子骂骂咧咧跟牲口说话的声音。一阵轻微的铃铛声说明有人在套马具。这种轻微的响声很快变成了一种清脆的、持续不断的铃铛颤动声，这个铃声随着马的动作时快时慢，有时声息全无，有时又突然一阵巨响，同时还伴着铁蹄踩地的沉闷的声音。

门又突然关上了，所有的声音都没有了。那几位被冻僵了的财主都不说话了，他们一动不动地、直撅撅地呆在那里。

延绵不断的白色的雪花织成了一幅帷幕，一面向大地垂落下

大作家讲的小故事

来,一面发出闪烁不停的光芒,它使万物都渐渐地变得模糊不清,一切事物都蒙上了一层冰沫子。

在这宁静的、被掩埋在严寒的冬天里的一片寂静中,只听见雪花飘落时那种模糊的、不可名状的窸窸窣窣的摩擦声。与其说这是一种声音,还不如说这是一种感觉,这些掺混在一起的轻飘飘的细屑,仿佛充填了空间,覆盖了世界。

马夫提着小风灯又出来了,手里牵着一匹垂头耷脑不想跟着出来的马。他把马拉到车辕跟前,系上缰绳,又围着马车周围转了很久,才把马具套好,因为他一只手提着小风灯,只能用另一只手干活。正当他准备去牵第二匹马时,发现那几位旅客全都一动不动地站在那里,身上已盖满白雪,便对他们说:"你们干吗不上车呀,至少车厢里没有风雪。"

刚才,大概谁都没有想到可以上车,一经提醒便一窝蜂拥了过去。那三个男人先把他们的妻子安顿在车厢的尽头,随后自己上了车,接着是另外几个戴着面纱的、模模糊糊的身影登上车,坐到剩下的几个空位子上,互相之间谁也没有说过一句话。

车厢的地板上铺着麦秸,大家的脚都埋在里面。坐在车厢深处的那几位太太,都随身带着烧化学炭的铜质小手炉。她们点燃了化学炭,轻声述说着这种手炉的优点,其实这种几经重复讲述的事情,她们全都早已知道了。

马车总算套好了。原来是四驾马车,因为车重,路滑难行,于是又加套了两匹。

有人在车外问道:"都上车了吗?"车内有人回答:"全上车了。"于是,马车出发了。

马车走得很慢很慢,一小步一小步地行进着。车轮陷在积雪里,整个车厢咯吱咯吱地低声呻吟,六匹马一走一滑,气喘吁吁,全身冒着热气。车夫手里那条又粗又长的鞭子不时地噼啪作响，四处飞舞，像条游蛇一样时而卷拢，时而展开；有时候鞭子突然抽打在一个圆鼓鼓的屁股上，马儿便用力地往上一耸。

这时天色已不知不觉地亮起来了。那一阵阵轻盈的雪花，也就是车厢里一位土生土长的鲁昂人旅客比做的棉花雨①，不再下了。一道淡淡的光线透过大块大块的乌云投射到地面；乌云密布的天空把白茫茫的田野反衬得更加耀眼，在田野上时而露出一排披着霜衣的大树，时而露出一座座盖着积雪的茅屋。

在车厢里，借着清晨黯淡的光线，大家相互好奇地打量着。

车厢里面最舒服的位子上，坐着的是大桥街②一家葡萄酒批发商行的老板鸟先生夫妇，他们俩正面对面坐着打瞌睡。

鸟先生原是一家商店的伙计，东家做生意破产以后，他盘下了铺子，后来发了财。他专门把劣质酒以低价批给乡下来的零售商，因此在他的朋友和熟人中间，他被看做是一个狡猾的奸商，一个脸上笑嘻嘻、肚子里诡计多端的真正的诺曼底人。

他这种奸商的名声已经家喻户晓了，以致有一天，在省政府的晚会上，一位当地的名人，文笔犀利而细腻的寓言歌谣作家图尔内先生，看到有几位太太有点儿睡意，便提议她们玩"鸟儿飞"③的游戏。这个双关妙语顿时从省长的客厅飞到了全城居民家家户户的客厅，使得全省的人都咧开大嘴嘻嘻哈哈地笑了整整一个月。

鸟先生之所以出名还有一个原因，就是他喜欢跟人恶作剧，开各种各样善意或恶意的玩笑。所以无论谁只要一提到他，就马上会加上一句："这只鸟，真是个活宝！"

---

① 鲁昂是法国著名棉花贸易中心，故有此语。
② 大桥街：鲁昂市中心的一条南北向街道，当时那儿有最高档的店铺和最华丽的橱窗布置。
③ 在法文中，"飞"和"偷"是同一个词——"voler"，因此"鸟儿飞"也可理解为"鸟儿偷"。

## 大作家讲的小故事

他身材矮小,却挺着一个圆鼓鼓的大肚子,肚子上面就顶着他那张夹在两片灰白颊须之间的红扑扑的脸。

他的妻子却是个高大、强壮、行事果断的人,她说话嗓门大,一会儿一个主意,掌管着店里的一切事务和财务。鸟先生就用她生气勃勃的活动来活跃店里的气氛。

坐在他们两人身旁的是卡雷·拉玛东夫妇,他俩属于一个更高的阶层。

卡雷·拉玛东先生是个了不起的人物,在棉纺界举足轻重,拥有三家棉纺厂,得过国家四级荣誉勋章,还是省议会的议员。在整个帝国时期①,他一直是一个温和的反对派领袖,他之所以要扮演这个角色,唯一的目的是为了用钝头武器——这是他自己的说法——攻击对方,然后再表示赞成,以便得到更高的报偿。

卡雷·拉玛东太太比她的丈夫要年轻得多,鲁昂驻军中出身名门的军官经常能在她身上得到安慰。

此刻,她坐在丈夫的对面,娇小、漂亮,蜷缩在皮大衣里,正神情沮丧地看着简陋的车厢里惨淡的情景。

坐在他们俩身旁的是于贝尔·德·布雷维尔伯爵夫妇,他们的姓氏是诺曼底省最古老、最高贵的姓氏之一。

伯爵是个气度不凡的老绅士,他在服饰上精心打扮,想方设法突出他和亨利四世②国王的天生相似之处。根据他们家族中一个光荣的传说,亨利四世曾使布雷维尔家族中一个女子珠胎暗结,该女子的丈夫因此被晋封为伯爵,并当上了省长。

于贝尔伯爵和卡雷·拉玛东先生一样,是省议会的议员,是全

---

① 指拿破仑三世的第二帝国,法国历史上第二个波拿巴主义的资产阶级军事专政国家。1852年12月,路易·波拿巴宣布成立;1870年普法战争时为法国"九月革命"所推翻。
② 亨利四世(1553—1610):法国国王,波旁王朝的创建者。

省奥尔良派①的代表。他怎么会娶了南特②一个小船主的女儿，这件事始终是个难解之谜。不过伯爵夫人雍容大度，待人接物彬彬有礼，据说她还曾博得过路易·菲力浦③的一位王子的垂爱，所以整个贵族阶级对她都热情相待。她家的客厅在本地始终是首屈一指，是唯一保持着昔日高雅情调的地方，要踏进去是很不容易的。

布雷维尔家的产业全是不动产，据说每年有50万法郎的收入④。

这六个人是这辆车上的基本旅客，他们是社会上有丰厚收入、生活安定、有权有势的人，同时也是一些信奉宗教、崇尚原则的正人君子。

由于一种奇怪的巧合，三位太太全都坐在同一条长凳上。坐在伯爵夫人旁边的是两位修女，她们手里拨拉着长串的念珠，嘴里嘟哝着《天主经》和《圣母经》。其中年老的一个满脸都是麻子，仿佛曾迎面挨过一大片霰弹子儿似的。另一个很瘦弱，脸蛋漂亮，但病容满面，胸部瘪塌，看得出这个胸部正被那种使人殉道、教人发狂、噬人心灵的信仰蚕食着。

坐在两个修女对面的一男一女，是所有人目光注意的中心。

那个男的颇有点名气，是被称为民主党人的科尔尼代，也是一切有身份的人眼中的危险人物。二十年来，他出入所有有民主倾向的咖啡馆，他那把红棕色的大胡子经常泡在那儿的大杯啤酒里。他的父亲原本是个糖果商，给他留下一份相当可观的产业，被他和他兄弟朋友们吃了个精光。于是他迫不及待地等待着共和国的诞生，希望最终获得他为了革命喝了那么多啤酒以后应得的地位。在

---

① 奥尔良派：18世纪到19世纪法国拥护波旁家族奥尔良系的立宪君主主义分子。在路易·菲力浦的七月王朝时期，奥尔良派达到权势的顶峰。
② 南特：法国西部大西洋岸卢瓦尔省省会。
③ 路易·菲力浦（1773—1850）：法国国王，在位期间为1830年至1848年，称为七月王朝。
④ 这在当时是一笔巨大的收入，当时部里的一个职员年薪只有一千八百法郎到二千四百法郎。

## 大作家讲的小故事

9月4日①那一天，也许是有人存心作弄他，他以为自己已被任命为省长，可是就在他去上任时，当时是办公室唯一主人的那些杂役却都拒绝承认他，逼得他不得不退了出来。不过，他倒确实是个好小伙子，与人无争，乐于助人，因此他在布置本地区防御工程时的热情是谁也比不上的。他曾经叫人在平原上挖了一些坑，把附近树林里的小树全部砍倒，在各条大路上设下陷阱。在敌军逼近时，他对自己所做的这些战备工作颇感满意，便马上撤回城里去了。现在他以为自己在勒阿弗尔比在这里更能发挥作用，那儿需要马上构筑新的防御工事了。

那个女人呢，是一个被大家称作婊子的人，她由于过早的成熟和过分的丰腴而出了名，得了个名符其实的绰号叫"羊脂球"。她身材矮小，浑身各部分都是圆滚滚的，胖得要流油，连一个个手指也是肉鼓鼓的，只有在节骨周围才有点凹陷，就像是几串短香肠；皮肤绷得紧紧的，富有光泽，丰满的胸脯隔着连衣裙高高耸起。尽管如此，她还是很诱人，追逐她的人多如牛毛，因为她那鲜艳娇嫩的气色，实在叫人看了觉得可爱。她的脸蛋像一只红苹果，又像一朵含苞欲放的芍药。脸蛋的上部，闪烁着两只美丽、乌黑的大眼睛，四周遮着一圈又长又浓的睫毛，眼睛里面映出了睫毛的倒影。脸蛋的下部是一张窄窄的迷人的小嘴，嘴唇滋润，仿佛就为接吻而生，嘴里是两排明亮而细小的牙齿。

据说，她还具有许多难以估量的极其宝贵的优点。

当她被人认出以后，在那几位正派女人中间便马上响起了一阵窃窃私语，什么"婊子"啦，"社会的耻辱"啦，尽管这些话是私下里说的，但声音却高得使她不禁抬起了头。她把同车人扫视了一

---

① 指1870年9月4日法国推翻第二帝国，建立第三共和国的那一天。

遍，目光大胆且富于挑衅意味，于是车内马上便安静下来。大家都低下了头，除了鸟先生，他还是在用一种轻佻的眼光窥视她。

可是不多一会儿，三位太太之间的交谈又重新开始了。车里因为有了这个妓女，促使她们突然间成了好朋友，几乎可以说是亲密的朋友了。她们好像觉得，在这个不知羞耻的卖淫妇面前，她们应该团结一致，把她们作为有夫之妇的尊严显示出来，因为合法的爱情从来都是高于非法的私情的。

那三个男人同样如此，也因为有科尔尼代在眼前，出于保守派的本能而彼此变得更加亲密了，他们用一种瞧不起穷人的口吻谈论着各自的钱财。于贝尔伯爵谈到了普鲁士人给他造成的损害以及牲畜被抢、庄稼无收等将来会带来的损失，他讲这些话时的口气就像是一个家产万贯的大庄园主那样满不在乎，好像所有这些灾难了不起也只能使他手头不方便一年半载罢了。卡雷·拉玛东先生在棉纺业里已遭受过惨重损失，所以他多了一个心眼，汇了60万法郎到英国去，那是他可以止渴的梨子，以备不时之需。至于鸟先生，他早已有了安排，把地窖里留下的所有的普通葡萄酒，统统卖给了法军后勤部，因此政府欠了他一大笔款子，他一心想到勒阿弗尔去领取。

三位先生一边谈着一边频频交换着友好的目光。虽然他们的情况各不相同，可是由于金钱的关系，他们感到像兄弟一样，都像是手插进裤袋就会弄得钱币叮当响的大富翁们结成的大行会中的一员。

驿车走得很慢，到上午十点钟还没有走出四法里。男乘客们已经下了三次车，为了徒步爬过上坡。大家开始担心起来了，因为原

## 大作家讲的小故事

来打算到托特①吃午饭，而现在看来天黑以前赶到那儿已经没有指望了。每个人都在留意，想在大路旁发现一家小酒店。这时候驿车突然陷进了一堆积雪，花了两个小时才把它拖出来。

大家饥肠辘辘，饿得心中发慌，可是却看不到一个小饭馆或是一家小酒店。因为普鲁士人的日益逼近，饿慌了的法国军人又经常路过，所有的生意买卖都给吓跑了。

每逢途中发现农庄，男乘客们便全体出动跑去找吃的，可是他们连一块面包也没找到。心存疑惧的农民们把储存的食品都藏起来了，生怕被士兵们抢走，因为那些大兵什么吃的也没有，看到什么就要抢什么。

到下午一点钟光景，鸟先生公开表示他已经饿得前胸贴后背了，大家也饿得和他一样难受，想吃东西的强烈欲望不断增长，使大家失去了谈话的兴致。

不时地有人打呵欠，一个人打了之后，另一个几乎马上就跟着打，于是每个人都轮着打起来。根据各自的性格、教养和社会地位，有的张开嘴巴大声打，有的微微张嘴随即用手挡着冒出的热气轻轻地打。

羊脂球好几次弯下腰去，好像在裙子底下寻找什么东西。她每次都看看旁边的人，迟疑片刻，随后又若无其事地直起了身子。那些人的脸都是苍白的，皱眉蹙额的。鸟先生声称他宁愿出一千法郎买一只肘子，他妻子做了一个好像表示反对的手势，可是立即又安静下来。每次听到要破费钱财，她总是心里不好受；在这个问题上，她甚至连开玩笑的话都会当真。伯爵说："我的确也感到不太舒服，我怎么没有想到带些吃的东西呢？"每个人都在这样责怪

---

① 托特：位于鲁昂通往迪耶普的大路上的一个小镇，距鲁昂29千米。

自己。

科尔尼代倒是带着一壶朗姆酒,他把这壶酒奉献出来,大家却冷冰冰地回绝了。只有鸟先生接受了,喝了一点儿,在归还酒壶时道谢说:"真是不错,可以暖暖身子,也可以骗骗肚子。"酒一下肚,他的兴致又来了,他建议仿效歌谣里唱的在那只小船上的做法,把最胖的旅客分而食之。这句分明是影射羊脂球的话,对有教养的人来说是不堪入耳的,谁都没有搭理他,只有科尔尼代先生微微一笑。两个修女已经停止念经,把双手抄在肥大的袖笼里,一动不动地坐着,两眼直愣愣地低头望着地面,想必是在领受上天赐给她们的痛苦,并以此作为对上天的奉献。

三点钟,马车来到一片一望无际的平原上,连一个村子也看不到,羊脂球突然弯下腰去,从长凳下面拖出一只盖着一块白色餐巾的大提篮。

她先从提篮里拿出一只小瓷盆,一只小银杯,随后又拿出一只大瓦钵,里面盛着两只已经切成小块的子鸡,四周是结了冻的酱汁。大家看到提篮里还有别的一包一包的好东西:什么馅饼啊,水果啊,甜食啊,等等,也就是为三天旅程准备的食物,这样在旅途上可以不沾旅店厨房里做出来的任何东西。在这些食品包包的中间还露出四个酒瓶的瓶颈。她拿起一个鸡翅膀,就着一个在诺曼底省被称为"摄政时期"的小面包,慢慢地吃了起来。

所有人的目光都向她射去,接着,食物的香味很快就传开了,刺激得大家都张大了鼻孔,涎水涌到嘴里,耳朵下面的颌骨也绷得阵阵发痛。几位贵妇人对这个姑娘的憎恶已经到了残酷的程度,她们真想把她宰了,或者把她连同她的酒杯、她的提篮和她的种种食品一起扔到车下雪地里去。

可是鸟先生的眼睛却死死地盯着那只盛鸡的瓦钵不放。他说:

## 大作家讲的小故事

"妙极了,这位太太想得比我们周到。有些人总是样样想得到。"羊脂球抬头望着他说:"您想来一点吗,先生?从早上饿到现在可真够受的。"他欠了欠身子说道:"说句老实话,我还真不能拒绝,我实在撑不住了。打仗的时候就得按打仗时候的规矩办,是不是,太太?"随后他向四周瞟了一眼,接着说:"像现在这种时候,遇到乐于助人的人,可真叫人高兴。"他把身边的一张报纸摊了开来,以免弄脏裤子,随后掏出他一直揣在怀里的一把小刀,用刀尖挑起一只裹满了冻汁的鸡腿,用牙齿把它撕碎,然后有滋有味地细嚼起来,在车厢里引起一片懊丧的叹气声。

不过这时候羊脂球又用谦卑而温和的声音邀请两位修女和她一起分享她的便餐。她们俩马上便接受了,连眼皮也没有抬,只是叽里咕噜地表示了一下谢意,便吃了起来。科尔尼代也没有拒绝他这位邻座女旅伴的邀请,和两位修女一起,把报纸摊在膝盖上,当做饭桌。

几张嘴不停地张开闭拢,闭拢张开,狼吞虎咽般地咀嚼、吞咽。鸟先生在他的角落里吃得起劲,并悄悄地劝他妻子照他的样子做。她拒绝了好一会儿,只是因为后来胃肠抽搐得痛苦难当,才屈服了。于是她的丈夫用非常婉转的话语,请问他们的"可爱的旅伴"是否允许他拿一小块鸡给他的妻子。羊脂球回答说:"可以,当然可以,先生。"一面满脸堆笑地把瓦钵递过去。

当第一瓶葡萄酒的瓶塞打开以后,出现了一个难题:人这么多,酒杯却只有一个。于是只好前一个人喝过以后把杯子抹一下再传给后一个人,唯有科尔尼代,偏偏故意就着羊脂球嘴刚刚沾过还没有干的地方喝,这无疑是为了向她献殷勤。

这时候,德·布雷维尔伯爵夫妇和卡雷·拉玛东夫妇周围的人都在吃东西,食物散发出来的阵阵香味使他们透不过气来,他们这时正在忍受那种被叫做坦塔罗斯的痛苦①的折磨。突然，棉纺厂老板的年轻妻子一声长吁，引得大家都向她转过脸去，只见她脸色发白得像车外的积雪，双眼紧闭，脑袋耷拉，已经晕了过去。她的丈夫吓得慌了神，恳求大家帮忙。大家都不知如何办才好。这时候那位年纪比较大的修女，托起病人的头，把羊脂球的酒杯轻轻放进她的嘴唇间，让她喝下几滴酒。那位美丽的太太蠕动了一下，睁开眼睛，露出一丝笑意，用有气无力的声音告诉大家，她现在感到好多了。不过，为了防止复发，那位修女又逼她喝了满满一杯酒，随后说："是饿昏了，没有别的原因。"

这时，羊脂球的脸顿时涨得通红，她感到很尴尬，看着四个还在挨饿的旅伴吞吞吐吐地说："天啊，不知道我是不是可以请这几位先生和太太……"她不再说下去，怕自讨没趣，遭到侮辱。这时候鸟先生开口说话了："唉，真是的，在这种情况下，大家都是兄弟姊妹，应该相互帮助。来吧，太太们，别客气了，干吗不吃呢？今天我们能不能找到一个地方过夜还不知道呢！照现在这个走法，明天中午以前也到不了托特。"那几个人还在犹豫，因为没一个人愿意承担接受这番好意的责任。

还是伯爵把这个问题解决了。他转过头去向着那个怯生生的胖姑娘，装出一副高不可攀的绅士派头，对她说："我们领情了，谢谢，太太。"

万事开头难。鲁比孔河已经跨过②，大家就放开肚皮吃喝了。提篮里的东西吃得精光，里面原来还装着一罐鹅肝酱、一罐云雀

---

① 坦塔罗斯的痛苦：希腊神话中的吕狄亚王，因他把自己的儿子剁成碎块给神吃，触怒了主神宙斯，宙斯罚他永世站在水中，那水深至下巴，他口渴想喝水时，水就退去，他头上有果树，肚子饿想吃果子时，树枝就升高。这种永受饥渴之苦被称为坦塔罗斯的痛苦。
② 鲁比孔河已经跨过：古罗马时代高卢和意大利的分界线。当时古罗马在法律中明文规定军队不得跨越此河。公元前49年，恺撒率部越过此河进入罗马，称雄一时。"跨过鲁比孔河"一语现指下定决心投身于某一行动而采取的决定性步骤。

## 大作家讲的小故事

酱、一段熏牛舌、一些克拉萨纳梨①、一块主教桥②出产的软干酪、几块小点心和满满一缸醋泡的乳黄瓜和葱头，全都吃光了。羊脂球和所有的妇女一样，喜欢吃生冷的蔬菜。

既然吃了这个姑娘的东西就不能不跟她讲话，于是开始交谈了，起先还有几分保留，后来见她说话很知道分寸，也就比较随便了。德·布雷维尔太太和卡雷·拉玛东太太都是懂得人情世故的，知道怎样对她表示和气而又不失身份，尤其是伯爵夫人，她显出一副跟任何人接触都不怕被玷污的贵妇人的亲切态度，显得格外和蔼。可是那个身强力壮的鸟太太的脑筋还是像宪兵那样顽固不化，她说得很少，吃得很多。

大家自然而然地谈起了战争。他们讲了一些普鲁士人的残暴行为和法兰西人的英勇事迹。这些人自己在忙于逃跑，对别人的勇敢却都表示钦佩。很快各人又谈起自己的经历。羊脂球怀着真挚的激情，用姑娘们表达她们内心的愤怒时常用的激烈语言，把自己是怎样离开鲁昂的经过讲了一遍。"我原来以为可以留在鲁昂的，"她说，"我家里储存了很多食品，我宁愿供养几个士兵也不愿离乡背井到处乱跑。可是当我一看见他们，这些普鲁士人，我就控制不住自己了！他们把我气得火冒三丈，我羞惭得哭了整整一天。唉，如果我是个男人就好了！我一定跟他们拼！我从我的窗口瞧着他们，这些头戴尖顶头盔的大肥猪，我的女用人抓住了我的手，不让我把家具扔下去砸断他们的脊梁骨。后来他们要住到我家里来，第一个走进来我便扑上去掐他的脖子，掐死他们也不见得比掐死其他人难！如果不是有人揪住我的头发往后拉，这个家伙一定被我结果

---

① 克拉萨纳梨：克拉萨纳是法国西部旧省圣通日省的一个村庄。克拉萨纳梨是一种多汁味甜的酥梨。
② 主教桥：法国西北部卡尔瓦多斯省城市，那儿出产的干酪很出名。

了。打那以后，我只好躲起来。最后，我终于找到机会逃了出来，上了这辆车。"

大家夸奖了她一番。她的旅伴都没有表现得像她那么勇敢，因此她在他们的心目中变得高大起来。科尔尼代边听边带着传教士常有的赞许和善意的微笑，就像一位神父在听教徒颂扬天主，因为留大胡子的民主党人拥有爱国主义的专利权，正如穿长袍的教士拥有宗教的专利权。轮到他说话时，他用布道者的口吻和从每天贴在墙上的宣言中学来的慷慨激昂的词句讲着，最后他还发表了一段动人的演说词，气势汹汹地把那个"巴丹盖无赖[①]"训斥了一顿。

羊脂球听了却生气了，因为她是崇拜波拿巴[②]的。她的脸涨得比樱桃还红，气得说话也结巴了。她说："我倒想看看你们坐到他的位子上会怎么样，你们这些人。那就热闹了，肯定是的！这个人！是你们出卖了他，如果老百姓让你们这些混蛋来统治，那么大家就只好离开法国了！"科尔尼代很镇静，脸上还保留着一丝高傲和不屑的微笑，可是大家感觉得到她的脏话就要出口了。幸亏伯爵出来打了圆场，用权威的口吻宣称一切真诚的意见都应当受到尊重，才好不容易把这个姑娘的怒气平了下去。然而伯爵夫人和那位棉纺厂老板的夫人，像所有体面人那样，打心眼里对共和国[③]怀着没来由的憎恨，同时又像所有女人那样，对表面富丽堂皇的专制政府怀有天生的柔情，因此不由自主地对这个妓女有了好感，她的感情是多么崇高，她们彼此又是多么的相像！

---

[①] 巴丹盖是法国一个泥瓦匠。拿破仑三世（1808—1873）于1840年在布洛涅附近登陆失败被捕后关押在一要塞中。1846年他越狱成功，据说他当时借助了巴丹盖的一套衣服而脱险。后来拿破仑三世的政敌们便把巴丹盖的名字当做他的绰号。
[②] 波拿巴是拿破仑的姓。此处指拿破仑三世。
[③] 指法兰西第三共和国，1870年"九月革命"后成立。第二次世界大战期间法国投降，维希政府成立（1940年7月）后告终。

## 大作家讲的小故事

一提篮东西已经吃完了，十个人吃完一篮东西是不会有什么困难的，可惜的是为什么提篮不更大一些。谈话仍继续了一会儿，不过东西吃完以后谈话气氛也渐渐冷下来了。

夜幕降临，天色越来越黑，人在消化食物时特别容易感受到寒气，羊脂球尽管身体肥胖也不免直打哆嗦。德·布雷维尔夫人的小手炉从早上到现在已经换过好几次炭，这时候她表示愿意借给羊脂球使用，羊脂球马上便接受了，因为她觉得两只脚早已冻僵。卡雷·拉玛东夫人和鸟太太也把各自的小手炉借给两位修女。

车夫已经点上了风灯。强烈的灯光照出了从辕马汗出如渗的臀部冒出的一片热气，也照亮了道路两旁在摇曳的灯光下向后飞驰的积雪。

车厢里已经黑得什么也看不见了，突然在羊脂球和科尔尼代之间有一个动作，鸟先生的双眼在黑暗中搜索，他相信看到那个大胡子的人急速地往旁边一闪，似乎被人不声不响地、狠狠地打了一拳。

大路前方出现了点点火光，那儿就是托特。马车走了十一个小时，加上在路上四次停下来喂马儿吃燕麦和休息的两小时，一共是十三个小时。马车进了小镇，停在通商旅店前面。

车门打开了，一阵相当耳熟的声音使所有的旅客都吃了一惊，那是军刀皮鞘碰击地面的声响，紧接着是一个德国人在高声吼叫的声音。

驿车虽然已经停稳，可是谁也没有下来，仿佛一出车门就会遭到杀身之祸。这时候车夫提着一盏马灯过来了，灯光一下子直照到车厢尽里头，照出两排惊恐不安的面孔，他们因为吃惊和害怕，都张着嘴瞪着眼。

在车夫身旁，灯光下站着一个德国军官，那是一个身材瘦削的高个子青年，金黄色的头发，身子紧紧地裹在军服里，好像一个束胸紧身的姑娘；一只平顶的漆布军帽歪戴在头上，看上去活像一个英国旅店里穿制服的侍役，嘴上两撇小胡子大得出奇，一根根胡子毛又长又直向两旁无穷尽地伸展开去，越来越稀，稀到尖上只剩下一根金黄色的细丝，细得几乎叫人无法看到它的末梢；这两撇小胡子显得很有分量，压在他的嘴角上，把脸颊往下拉，把嘴唇拉成了两头朝下的一条弧线。

他用阿尔萨斯①口音的法国话请旅客们下车，口气很生硬："先生们和太太们，你们愿不愿意下车？"

两位修女首先表示服从，她们这些圣女惯于服从任何命令，所以非常听话。

伯爵和伯爵夫人也出来了，后面跟着棉纺厂老板和他的妻子，再后面是把自己的大个子老婆推在前面的鸟先生，他的脚刚一落地，便对那个军官说了声："您好，先生！"要说他这句话是出于礼貌，还不如说是出于审慎。那个德国人像所有有权势的人一样傲慢，瞅了他一眼没有答理。

羊脂球和科尔尼代虽然坐在车门口，却是最后下车的，在敌人面前他们表现得严肃高傲。胖姑娘尽力控制住自己，使自己保持冷静；那位民主党人用一只微微颤抖的手使劲地捋着红棕色的长胡子，颇有点悲剧意味。他们懂得，在这种双方相遇的场合，每个人多多少少代表着自己的国家，所以想要保持一点尊严。他们对旅伴们的软弱恭顺，都同样感到反感。因而她竭力想表现得比那几个同车的正经女人更自尊；而他呢，也觉得自己应该做出榜样，于是在他所有的神态中，都显出他仍在继续当初在大路上挖坑时就负有的

---

① 阿尔萨斯：法国东北部地区及旧省名，隔莱茵河连接德国。1870年至1871年普法战争后曾同洛林一起割让给德国。第一次世界大战后由法国收回。

## 大作家讲的小故事

抗敌使命。

大家走进旅店的宽敞的厨房，德国军官命令他们呈验总司令签署的离境证，那上面记载着每个旅客的姓名、体貌特征和职业，他对照着证件上记载的情况，把这批人一个个审视了很久。

随后他突然说道："好了。"说完便走了。

大家这才松了一口气。因为他们肚子又饿了，便吩咐旅馆准备晚餐。准备晚餐需要半个小时；两个女仆看样子正在忙碌，大家便抽空去看一下各自的房间。他们的房间全都在一条长走廊里，走廊的尽头是一扇玻璃门，门上标着"一百号"[①]。

终于到了吃饭的时候，旅店老板突然出现了。这个人从前做过马贩子，是一个患气喘病的胖子，喉咙里总是发出咝咝声、呼吸声和黏痰的滑动声。他父亲传给他的姓是福朗维。

他问道：

"哪位是伊丽莎白·鲁塞尔小姐？"

羊脂球不由一惊，转身回答：

"我就是。"

"小姐，普鲁士军官要立刻与您谈话。"

"与我？"

"是的，如果您就是伊丽莎白·鲁塞尔小姐。"

羊脂球有点不知所措，稍许考虑了一下以后，便果断地回答说：

"也许是找我，可是我不去。"

这句话在她四周引起一阵骚动，大家议论纷纷，研究下达这道命令的缘由。伯爵走过来说：

---

[①] 一百号：厕所的隐语。

"您不去是不妥当的,太太,因为您拒绝和他谈话可能会带来很大的麻烦,不仅对您不利,甚至对您所有的旅伴也没有好处。永远也别跟有权势的人作对。他叫您去绝不会有什么危险,大概有什么手续忘记办了吧?"

所有人的看法和伯爵一样,一齐恳求她、催逼她、喋喋不休地劝导她,因为大家都怕她一时冲动可能会引起意外的麻烦,最后她终于被说服了,说:

"好吧,我去,这可全是为了你们啊。"

伯爵夫人握着她的手说:

"那么我们大家谢谢您了。"

她出去了。大家等她回来再开饭。

每个人心里都有点懊恼,懊恼为什么没请自己而偏偏请了这位性格倔强的姑娘去,同时都在默默准备着,一旦叫到自己时应该说些什么恭维话。

十分钟以后,羊脂球回来了,她脸涨得通红,气喘吁吁,怒气冲冲地咕哝着说:"喔,这个流氓!这个流氓!"

大家都急着想知道是怎么回事,可是她什么也不说。

由于伯爵一再追问,她才神色庄严地回答说:"不,这事跟你们没有关系。我不能说。"

于是大家围着一个大汤盆坐了下来,汤盆里飘出阵阵白菜的香味。尽管刚才受了一次惊吓,这餐晚饭还是吃得很高兴。苹果酒味道很好,鸟先生夫妇和两位修女为了省钱喝的是苹果酒,其他人要的是葡萄酒,科尔尼代要的是啤酒。科尔尼代喝啤酒有一套独特的方法,他开启瓶塞,让啤酒溢出泡沫,歪拿着酒杯细细端详,随后把杯子举到眼睛和灯光之间去更好地观赏它的颜色。他喝酒的时候,那把和他喜爱的饮料的颜色相似的大胡子,仿佛也会激动得颤

## 大作家讲的小故事

抖起来；他的眼睛斜过去盯着他的杯子，一动也不动，那神情好像是在履行他为之而生的一项使命。简直可以说，他在脑子里使这两个他毕生最大的爱好——淡色啤酒和革命——相互接近了，甚至合二为一了，因此当他在品尝这一个的滋味时绝不可能不想到另一个。

福朗维先生夫妇坐在桌子的另一端吃饭。男的像一辆破火车头发出呼呼的喘气声，一个人的胸膛里，呼气吸气的次数太多，是不可能边吃饭边说话的，可是他妻子却从来没有不吭声的时候。她叙述了普鲁士人来到时她得到的各种印象，他们说了什么话，他们做了什么事。她恨透了他们，首先是因为他们害她损失了很多钱，其次是因为她有两个儿子在军队里。她特别喜欢和伯爵夫人搭话，因为能和一位上流社会的女人交谈，她感到不胜荣幸。

随后她压低嗓音讲了些不能随便谈论的事情，她的丈夫不时地打断她说："还是别开口的好，福朗维太太。"

不过她根本不理会，继续往下说：

"是的，太太，这些人啊，他们吃东西就认定一种，不是土豆和猪肉，就是猪肉和土豆。可是别以为他们是清洁干净的。啊，不！恕我说话不恭，他们到处拉屎撒尿。如果您看到他们操练就好了，他们一连几个小时，甚至一连几个白天全都集合在一块宅地里：时而向前走，时而向后走，一会儿转向这儿，一会儿又转向那儿。这些人如果去种地，或者回到家乡去修路，倒也罢了！可是不，太太，这些军人，他们对谁也没有用！可怜的老百姓养活他们难道就是为了让他们什么也不学，只学杀人吗？我不过是个没有知识的老太婆，这没有错，可是看到他们从早到晚就这样踏过来踏过去的，一个个都累得精疲力竭，我心里就想：有些人发明那么多东西，为的是对人类有益，难道非要有另一些人去吃尽苦头只是为了去损害别人吗？真的，杀人难道不是可恶的事情吗？不管杀的是普鲁士人、英国人，还是波兰人、法国人。如果有人损害了你，你就进行报复，这是不对的，所以你要受到惩罚。可是有人用枪像打野味一样屠杀我们的孩子，难道就对了吗？为什么杀人最多的人反而能得到勋章呢？究竟是怎么回事？我简直想不通！"

科尔尼代提高嗓门说：

"如果是攻击一个爱好和平的邻国，那种战争就是一种野蛮行为；如果是为保卫祖国而战，那就是一种神圣的职责。"

这个老婆子低下脑袋说：

"是的，如果是为了自卫，那是另一回事；可是那些用打仗来寻欢作乐的国王，难道就不该把他们全杀了吗？"

科尔尼代的眼里闪出了火光。

"说得好，女公民！"他说。

卡雷·拉玛东先生陷入了沉思。虽然他崇拜那些功名显赫的将领，这个农村妇女的见解却引起了他的思索：这么多无所事事的、只会耗费钱财的胳膊，这么大的力量不用在生产上，却弄得国家穷困不堪，如果把这些力量用在得几个世纪才能完成的大工业上，将给国家带来多大的财富啊！

这时候鸟先生离开座位，去和旅店老板聊天。那个胖子嬉笑，咳嗽，吐痰，听了对方一些逗趣的话，他的大肚子快活得一颠一颠地直跳。他向鸟先生订购了六小桶葡萄酒，到明年春天普鲁士人走了以后交货。

一天折腾下来，大家都累得腰酸背痛，晚饭刚吃完便都去睡了。

可是鸟先生已经觉察到一些事情，他服侍妻子上床以后，便走到门后，时而把眼睛贴到锁眼上往外瞧，时而又把耳朵贴上去听，想发现一些他所谓的"走廊秘事"。

## 大作家讲的小故事

约摸一个小时以后,他听到一阵窸窸窣窣的声音,马上便去张望,看见羊脂球穿着一件镶白色花边的蓝色开司米睡衣出现了,她显得比白天更加肥硕。她手里端着一个小烛台,向走廊尽头那个大号码的房门走去。

这时候,走廊旁边有一扇门微微地打开了;当几分钟以后羊脂球回来时,光穿着衬衣和背带裤的科尔尼代跟在她后面。他们低声交谈,然后站住了。羊脂球好像坚决不让他进她的房间。鸟先生遗憾的是听不清他们在讲些什么,不过他们终于提高了声音,他总算听到了几句。科尔尼代在急切地恳求。他说:

"嗳,您真傻,这对您又算得了什么呢?"

她好像很生气,回答说:

"不,亲爱的,有些时候这种事情是不能干的,再说在这里干,更是一种耻辱。"

科尔尼代大概丝毫不理解这句话的意思,便问为什么。这一下她发火了,声音也更高了:

"为什么!您不懂得为什么?那普鲁士人不就在这幢房子里,可能就在旁边的房间里吗?"

他不做声了,一个妓女,因为附近有敌人而坚决不让男人爱抚,这种爱国主义的廉耻心想必在他的心里唤起了他那奄奄一息的自尊心,他只是抱吻了她一下,便蹑手蹑脚走回他的房间。

鸟先生的火却上来了,他离开锁孔,在房间里来了个击脚跳①,戴上他的睡帽,掀起盖着他妻子硬邦邦的身躯的被单,吻了一下,把她弄醒,轻轻地对她说:"亲爱的,你爱我吗?"

于是,整个旅店又无声无息了。但是过不了一会儿,不知从什

---

① 击脚跳:人跳起后,双脚互击数次的动作。

么地方，从说不清哪个方向，也许是从地窖，也许是从阁楼，响起了一阵有力的、单调的、有节奏的鼾声，那是一种低沉而持续的声音，还带着汽锅在蒸汽的压力下颤抖的声响。那是福朗维先生在酣睡。

　　大家原已决定第二天早上八点钟动身，所有的人到时候都汇集在厨房里了。可是马车仍孤零零地停在院子中央，顶篷上盖着一层积雪，既没有马匹，也不见车夫。大家四处寻找车夫，马厩里、草料房里、车棚里都找遍了，但哪儿也找不到。于是所有的男乘客都决定到镇上去找，便都走出了旅店。

　　他们来到广场，广场的正面有一座教堂，两侧是一些低矮的房子，里面有几个普鲁士兵。他们先看到一个在削土豆皮；走过去，又看到一个在理发铺里打扫屋子；还有一个连腮胡子一直长到眼睛下面的士兵，抱着一个啼哭的孩子，放在膝头上哄逗他，想让孩子平静下来。那些胖胖的农妇，她们的丈夫都参加了"作战部队"，正在指手画脚地指派那些听话的征服者去干他们该做的工作：劈木柴，把肉汤浇在面包上，磨咖啡，有一个士兵甚至在替女房东——一位手脚不便的老奶奶洗衬衣。

　　看到这些情况，伯爵很惊讶，便向一个从神父住处出来的教堂执事打听。这位虔诚的老信徒回答他说："噢，这些士兵并不凶，据说他们不是普鲁士人，是更远地方的人，我也不知道他们是从哪儿来的，他们的老婆孩子全丢在家乡了。得了，战争不会使他们感到高兴！我可以肯定，他们那里的人也在为这些男人伤心流泪，战争给他们那儿造成的苦难也跟我们这儿一样惨。这儿，眼下还不算太糟，因为他们并没有干什么坏事，而且还像在自己家里一样干活。您看见没有？先生，穷人之间，就应该相互帮助……真正要打仗的是那些大人物。"

## 大作家讲的小故事

科尔尼代看到战胜者和战败者之间如此友好相处感到很气愤，他扭头便走，宁愿一个人去关在旅店里。鸟先生讲了一句笑话："他们在添补人口。"卡雷·拉玛东先生却讲了一句严肃的话："他们在将功补过。"可是他们还是没有找到车夫。最后他们才在镇上的咖啡馆里找到了他，他正和普鲁士军官的传令兵亲如兄弟般地坐在一张桌子上。伯爵不客气地问道：

"不是吩咐你八点钟套车吗？"

"吩咐过，可是后来我又接到了一道命令。"

"什么命令？"

"不准套车的命令。"

"是谁给你下的这道命令？"

"天呀，当然是普鲁士指挥官啰！"

"什么理由？"

"这我可一点儿也不知道。您去问他好啦，他们不准我套车，我就不套车，就是这么回事。"

"是他亲自对你说的吗？"

"不，先生，是旅店老板替他把命令传达给我的。"

"什么时候传达的？"

"昨天晚上，我正要去睡觉的时候。"

三个男子忧心忡忡地回到旅店。

他们要见福朗维先生，可是女仆回答他们说，福朗维先生因为患气喘病，十点钟以前是从来不起床的。他甚至明确关照过，不准在十点钟以前叫醒他，除非发生了火灾。

他们想见军官，这也是绝对办不到的，尽管他就住在这个旅店里，有关老百姓的事情，他却只许福朗维先生一个人跟他谈。那就只好等待了。妇女们回到楼上各自的房间里，去料理一些无关紧要的琐事。

科尔尼代在厨房的大壁炉前面坐下来,壁炉里火光熊熊。他叫人搬来一张喝咖啡用的小桌子,要了一瓶啤酒,随后掏出烟斗抽烟。他那只烟斗在那些民主党人中间几乎和他本人一样受到尊重,就像它在为科尔尼代服务时就是在为祖国服务一样。那是一只非常漂亮的、积满烟垢的海泡石烟斗,已经和它的主人的牙齿一样被熏得乌黑,可是它香味芬芳,弯弯的、亮闪闪的,和它主人的手已经混熟,也为它主人的外貌生色。

科尔尼代安闲地坐在那儿,眼睛有时盯着炉膛中的火焰,有时注视着酒杯中的泡沫。每当他喝完一口酒,他总要心满意足地用他细长的手指去捋一下他油腻的长头发,同时舔一下挂在他唇髭上的啤酒泡沫。

鸟先生推说要活动活动腿脚,到镇上的小酒店去推销他的葡萄酒去了。伯爵和纺织厂老板开始谈论政治。他们推测法兰西的前途。一个对奥尔良派充满信心,另一个寄希望于一个无名救星,一个在大势已去的关键时刻出现的英雄,可能是一位杜·盖克兰[①],一位贞德[②],或者是另一位拿破仑一世?唉,如果皇太子[③]不是那么年轻就好了!科尔尼代在一旁听着,脸上带着那种洞悉天命的人的微笑。厨房里充满着从他的烟斗里散发出来的香味。

十点敲响时,福朗维先生出现了。大家马上便问他究竟是怎么回事,可是他也只能一字不改地把下面几句话重复了两三遍:"这位军官是这么对我说的:'福朗维先生,您去通知车夫,明天不准

---

[①] 杜·盖克兰(1320—1380):法国民族英雄,百年战争初期杰出的军事领袖,曾多次击溃英军。1380年在围攻敌人要塞时死去。
[②] 贞德(1412—1431):又译冉·达克。百年战争末期抗击英国侵略者的法国女英雄。
[③] 皇太子:指普法战争后失去皇位的拿破仑三世的儿子欧仁·路易·拿破仑(1856—1879),他一度是拿破仑派复兴王朝的希望。

## 大作家讲的小故事

给这些旅客套车。没有我的命令，不准他们动身，您听明白了？'好吧，就这些。"

于是大家想见军官。伯爵给他送去了自己的名片，卡雷·拉玛东先生也在上面加上了自己的名字和所有的头衔。普鲁士军官派人回答他们说，他同意和这两个人谈话，可是要等他吃完午饭，也就是要等到下午一点钟左右。

几位太太又下楼来了，虽然她们心里有事，还是吃了些东西。羊脂球好像生病了，显得精神恍惚，六神无主。

咖啡刚要喝完时，传令兵来找这两位先生。

鸟先生也和这两位先生一起去，他们还想拉科尔尼代去，为了使这次行动显得格外隆重，可是他高傲地宣称，他绝不跟德国人发生任何关系。随后他又回到壁炉旁，又要了一瓶啤酒。

三位先生走上楼，被引进这家旅店最漂亮的一个房间里，普鲁士军官就在那儿接见他们。他躺在一把安乐椅里，双脚跷在壁炉旁，嘴里叼着一只长长的烟斗，身上披着一件色彩鲜艳的睡衣，兴许是从某个趣味低级的财主留下的空房子里偷来的。他没有站起来，也没有跟他们打招呼，甚至连瞧也没有瞧他们一眼，完全是一个打了胜仗的天性粗鲁的军人的活标本。

过了一会儿，他终于开口说道：

"你们有什么事？"

伯爵赶紧回答说：

"我们想动身，先生。"

"不行。"

"我是不是可以问一下，为什么不行？"

"因为我不愿意。"

"我怀着极大的敬意提请您注意，先生，您的总司令已经开给我们一张到迪耶普去的通行证，我想我们没有做错什么事应该得到您如此严厉的惩罚。"

"我不愿意……没有别的原因……你们可以下去了。"

三个人鞠躬行礼，退了出来。

下午的气氛是愁闷的。谁也不明白这个德国人为什么如此任性。各人的脑海里都被一些稀奇古怪的念头纠缠着。大家都待在厨房里，设想出一些使人难以置信的原因，议论不休。可能是要把他们当做人质，可是为了什么目的呢？或者是要把他们作为俘虏带走？或者更可能是为了要向他们勒索一笔数目可观的赎金？一想到这里，可把他们吓坏了。最有钱的人害怕得最厉害，他们仿佛已经看到自己为了赎身，正迫不得已地把满袋满袋的金币倒在这个蛮横无理的大兵手里。他们绞尽脑汁想出一些可以让人相信的谎言，来隐瞒自己的财产，把自己装扮成穷人，一贫如洗的穷人。鸟先生摘下自己的金表链藏进口袋里。夜幕的降临更加重了这种恐惧。灯点起来了。由于离晚饭时间还有两个小时，鸟太太提议打一局三十一点，这也是一种消愁解闷的办法。大家都赞同。科尔尼代也参加，出于礼貌，他把烟斗灭掉了。

伯爵洗牌，分牌，羊脂球一上手便得了三十一点，打牌的兴致很快把压在大家心头的恐惧感平息下去了，可是科尔尼代却发现鸟先生夫妇在串通作弊。

大家正要上桌吃饭时，福朗维先生又来了，他用嗓子里有痰响的声音高声说道："普鲁士军官要我来问伊丽莎白·鲁塞尔小姐，她是不是还没有改变注意？"

羊脂球站着不动，脸色煞白，随后突然又变得满脸通红，气得话也说不出来，最后她终于爆发了："去对这个无赖、这个下流胚、这个发臭的普鲁士卑鄙家伙说，我永远不会答应，听清楚了，

## 大作家讲的小故事

我永远不会答应，永远，永远！"

胖老板出去了。羊脂球马上被围了起来，大家问她是怎么回事，央求她把上次去普鲁士军官那儿谈话的秘密讲出来。起初她不肯说，可是很快她便气愤得不能自持，大声叫道："他要干吗？……他要干吗？……他要和我睡觉！"大家听了都怒气冲天，以致没有人觉得这句粗话有点儿刺耳。科尔尼代用力把他的酒杯往桌上一敲，把酒杯也打碎了。顿时响起一片对这个下流丘八的谴责声，一种愤怒的咆哮声，形成一种团结一致、同仇敌忾的气势，好像敌人强迫羊脂球做出的牺牲也要他们每个人分担一点似的。伯爵深恶痛绝地宣称，这些家伙的所作所为简直和古代的野蛮人一样。特别是那几位夫人，更是对羊脂球显出深切的爱怜和关切。那两位不到吃饭不露面的修女低着脑袋，一言不发。

当第一阵愤怒平息下来以后，他们还是照常吃饭，只是大家说话很少，都在想心事。

妇女们很早就退席了；男人们一面抽烟一面凑起一桌牌局，并邀请福朗维先生参加，他们想转弯抹角地从他那儿打听一下，用什么好办法才能说服那位蛮不讲理的普鲁士军官。可是旅店老板一心只在牌上，他什么也不听，什么也不回答，只是不断地重复着说："打牌，先生们，打牌。"他打牌打得那么专注，甚至连吐痰也忘了，以致从他的胸腔里有时会发出一些风琴的音符。他那呼哧呼哧扇动着的肺叶可以发各个音阶的哮喘声，从深沉、浑浊的音符到小公鸡初学打鸣的尖叫声，什么都有。

他的妻子熬不住困意来找他时，他甚至拒绝上楼睡觉。她只能一个人走了，因为她是"值早班的"，总是跟着太阳一起起床，而他是"值晚班的"，随时都准备和朋友们一起熬夜。他向妻子喊道："你把我的蛋黄甜奶放在炉火旁边！"说完他又继续打牌。大家看出从他嘴里什么也掏不出来，就宣称时间已晚，应该散场了。于是各自都回房睡觉去了。

第二天他们仍然很早起床，心里都怀着一种模糊的希望，想动身上路的愿望更强烈了，非常害怕在这个令人厌恶的小客店里再待下去。

唉，马儿还在马厩里，车夫还是不见踪影。大家无事可做，就绕着马车溜达。

午饭吃得死气沉沉的，大家对羊脂球的态度变得冷淡了，静夜出主意，一夜过去，大家的看法已经有了点儿变化。他们现在几乎有点埋怨这个姑娘，为什么昨天夜里她不偷偷地去找那个普鲁士军官，让她的旅伴们醒来时喜出望外？还有比这更简单的事吗？再说，谁又会知道呢？而且她也完全可以保住自己的面子，只要让人告诉那个军官说，她是因为帮助她的旅伴们脱离困境才答应的。对她来说，这种事又有什么了不得呢！

不过，还没有人把这种想法说出口。

到了下午，大家实在是烦闷死了，伯爵提议到镇子外面去走走。每个人都仔细地把身子裹得严严实实，一群人就出来了，只有科尔尼代除外，他宁愿待在火炉旁边。还有两位修女，她们白天总是在教堂或是在神父家中消磨时光。

天气一天比一天冷，凛冽的寒气冻得人的鼻子和耳朵像被针扎似的疼痛，两只脚也痛得麻木了，每走一步都像是在受刑。田野展现在面前，在他们看来，一望无际的白雪覆盖下的田野是那么凄凉和可怕，使他们感到冷入骨髓，更加心中郁闷，于是很快就转身往回走。

四个妇女走在头里，三个男人在后面不远处跟着。

鸟先生对目前的处境很清楚，他突然问大家，这个"婊子"

## 大作家讲的小故事

是不是要害得他们在这个鬼地方长期待下去？伯爵永远是那么温文尔雅，他说不能逼一个妇女做出如此痛苦的牺牲，这样的事只能出于她的自愿。卡雷·拉玛东先生指出，如果法国人真像大家谈到的那样，从迪耶普发动反攻，那么决战的地点只能是在托特，这个设想更使另外两个人惶惶不安。"我们能不能步行逃出去？"鸟先生问。伯爵耸耸肩膀回答说："在这冰天雪地里，还带着我们的妻子，您怎么逃？再说他们马上会来追踪我们，不出十分钟便会抓住我们，当做俘虏押回来，听凭大兵们的处置。"他的话确是实情，大家不再吭声了。妇女们在谈论穿戴，可是她们之间似乎有点儿拘束，谈话不太热乎。

突然，走到街角，他们看见了那个普鲁士军官。他那穿着制服的细高身影，出现在一直延伸到天际的雪地上，走路时膝盖向两侧分开，这是军人特有的走路姿态，为的是避免弄脏了刚刚擦亮的皮靴。

在走过几个女人身旁时他微微弯了弯腰，对那几个男子则轻蔑地瞥了一眼，幸好他们还有点儿自尊，没有脱下帽子，尽管鸟先生已经做出了一个要脱帽的动作。

羊脂球的脸一直红到了耳根，三个有夫之妇似乎觉得受到了奇耻大辱，因为她们正在和这个大兵想玩弄的妓女一起散步。

接着她们谈起了这个普鲁士军官，评论他的身段，评论他的容貌。卡雷·拉玛东太太认识很多军官，评论起他们来很内行，她觉得这个军官很不错，甚至特别惋惜他不是法国人，否则他将成为一个漂亮的轻骑兵，肯定会被所有女人迷恋。

回到旅店以后，他们不知道干些什么好。大家心情不好，即使为了一些非常琐碎的小事，说话也变得非常刻薄。吃晚饭时静悄悄的，很快就吃完了。大家都上楼睡觉，希望在睡梦中把时间打发掉。

第二天下楼时大家脸色疲惫，心火很旺。女人们几乎不跟羊脂球说话了。

教堂里的钟响起来了，那是一个孩子要受洗礼。胖姑娘有一个孩子，寄养在依佛多①的一个农民家里。她一年也见不到他一次，而且从来不想念他，可是现在因为知道有一个孩子要受洗，她突然对自己的孩子也产生了强烈的母爱，所以她想去参加这个仪式，而且非去不可。

她刚一走，大家便你看看我，我看看你，随后把各自的椅子往一块儿挪近，因为他们都深深感到，应该拿出个主意来。鸟先生灵机一动想出了一个办法：他主张向德国军官建议，让羊脂球一个人留下，放别的人上路。

仍然是福朗维先生担当传话的任务，可是他几乎立即便下楼来了。那个德国人洞悉人类的天性，把他赶了出来。他声称只要他的愿望得不到满足，他就要扣留全体人员。

这时候，鸟太太那种市井小民的坏习气突然一下子暴露无遗："我们总不能老死在这儿。对这个婊子来说，和所有的男人干这种事，本来就是她的本行，我看她没有权利挑三拣四，要这个不要那个。你们倒是想想看，她在鲁昂遇到什么人就跟什么人干，连马车夫她也干！是的，夫人，省政府里的马车夫！这件事清清楚楚，他常在我店里买葡萄酒。可是今天，要她帮我们摆脱困境时她倒装起正经来了，这个脏货！……我倒觉得这个德国军官挺正派的。他也许已经很久不近女色了，我们三个女人当然更中他的意，他只要能得到这个大家公有的女人就知足了。他对已婚的女子知道尊重，你

---

① 依佛多：法国西北部塞纳滨海省城市，在鲁昂西面，勒阿弗尔的东面。

## 大作家讲的小故事

们想想啊，他是这儿的王子，只要开口说一声'我要'，完全可以在他那些大兵的帮助下把我们强奸的。"

另两位夫人不禁打了一个寒噤。漂亮的卡雷·拉玛东太太的眼睛里闪闪发光，脸色略微有点苍白，就像她已经感觉到被那个德国军官占有了。

正在一旁争论的男人们走了过来，气得暴跳如雷的鸟先生要把"这个贱货"手脚缚起来交给敌人。可是那位祖上三代都是外交官，自己也颇有外交家气派的伯爵仍然主张运用手腕，他说："一定得让她自己做出决定。"

于是大家开始密谋策划起来。女人们挤到一起，嗓门压得低低的。大家都议论纷纷，各人发表各人的意见，而且话说得相当得体。尤其是那几位太太，谈的虽然是最最淫猥的事，但用的都是委婉曲折和优雅微妙的词。她们把话讲得那么含蓄谨慎，一个局外人是根本听不懂的。上流社会妇女身上的那层薄薄的廉耻外衣，只能用来掩盖其外表，一旦遇到这种无耻下流的奇事，她们便不禁心花怒放，暗中高兴得发狂，就像搔到了她们的痒处。她们馋涎欲滴地为别人撮合，就像贪嘴的厨子在替别人做晚餐。

这件事在他们看来本来是很滑稽的，因此大家都不由自主地轻松愉快起来。伯爵说了一些有点过火的笑话，可是说得非常巧妙，使人露出了微笑。鸟先生也讲了几句更加露骨的下流话，大家听了也不觉得刺耳。而鸟太太赤裸裸地表达出来的想法，更是得到了所有在座人的同意："既然干这种事是这个婊子的本行，她有什么理由跟别人干而不跟这个干？"那位和蔼可亲的卡雷·拉玛东太太仿佛甚至在想，如果是她处在羊脂球的地位，她倒宁愿拒绝别人而不会拒绝这个德国军官。

他们像要去攻克一个被围困的要塞，对围攻的办法讨论了很长时间。大家都商定了各自要扮演的角色，谈话时要依据的论点和要采用的手段。他们共同制订了进攻计划，要使用诡计和出其不意的突然袭击，以迫使这座活碉堡自己开门迎敌。

可是科尔尼代始终躲得远远的，待在一边，对这件事压根儿不闻不问。

这些人的思想都集中在这件事上，竟然都没有听到羊脂球回来。只听见伯爵轻轻地"嘘"了一声，大家这才抬起头来。这时她已经来到跟前，大家顿时都闭上了嘴，觉得有点儿尴尬，一时难以和她搭话。还是伯爵夫人凭她在交际场上养成的两面手法，比别人更能随机应变，问她说："这次洗礼有趣吗？"胖姑娘的激动心情还没有平静下来，她把刚才看到的一切，那些人的外貌和神态，甚至教堂的外貌都讲了。临了又补充了一句："偶尔去教堂祷告一次也很有意思。"

一直到吃午饭，这几位太太都对她和和气气的，为的是增加她对她们的信任感，使她更容易接受她们的劝告。

一坐上饭桌，围攻便开始了。开始时话题泛泛谈到献身精神，他们举了一些古人的例子，先举犹滴①和荷罗菲尔纳，后来又莫名其妙地提到了卢克雷蒂娅②和塞克斯图斯，还谈起了克娄巴特拉③，据说她曾经把所有的敌军将领都引到自己的床上，从而把他们变得像奴隶一样唯命是从。接着又讲了一个唯有愚昧无知的百万富翁才

---

① 犹滴：古代传说中的犹太女英雄。为拯救被围的维杜利城，她深入敌营，灌醉敌军将领荷罗菲尔纳，割下他的脑袋，从而使敌军不战而溃。事见《犹滴传》。但此书在史实和纪年方面讹误甚多。
② 卢克雷蒂娅：古罗马一名将之妻，因被罗马暴君塔尔奎尼乌斯的儿子塞克斯图斯奸污，在把此事告诉了父亲和丈夫后自尽。据传说此事导致了罗马王国的垮台和共和国的成立。
③ 克娄巴特拉（前69—前30）：古埃及托勒密王朝的末代女王（前51—前30在位），艳丽而淫荡，据说曾凭其美貌征服了恺撒和安东尼等罗马名将。

## 大作家讲的小故事

想象得出的荒诞不经的故事，说是罗马的女公民们都跑到加布①去勾引汉尼拔②，不但把他搂在怀里，还把他那些将领和雇佣军的官兵，也都搂在怀里，以便哄他们入睡。凡是曾经阻挡过征服者，把自己的身体当做战场、当做统治工具、当做武器的女人，凡是用自己的英勇和爱抚战胜过丑恶可憎的坏蛋的女人，凡是为了复仇和效忠而牺牲了自己贞操的女人，他们都一一举出来加以颂扬。

大家甚至还隐隐约约地谈到了一个出身名门的英国女人，为了把一种可怕的传染病传给波拿巴③，竟自己先去染上这种病，而波拿巴在这次致命的幽会中突然感到精力不济，才奇迹般地逃过了这次暗算。

所有这些故事都是用很得体的、很有分寸的方式说出来的，大家有时候还故意装得热情冲动，以便激发羊脂球仿效前人的决心。

总之，听了他们的话，简直会使人相信，女人在人世间唯一的使命，就是无休止地奉献自己的肉体，没完没了地听任丘八大兵们的摆布。

两位修女仿佛什么也没有听到，完全陷在沉思之中。羊脂球什么也没有说。

整个下午，大家都不去打扰她，让她一个人好好地思考。可是，在这以前大家都称她为"太太"，现在不知道为什么都改口称她为"小姐"了，似乎是有意要把她从已经爬到的、受人尊敬的地位上拉下来，使她感觉到自身地位的卑贱。

晚饭吃到上汤的时候，福朗维先生又来了，依然重复头天晚上

---

① 加布：罗马附近城市，公元前215年被汉尼拔攻占。
② 汉尼拔（前247—前183或前182）：迦太基统帅，曾因久攻罗马不克而驻兵加布待援。但有些历史学家说他是耽于加布妇女的姿色。
③ 波拿巴，拿破仑的姓，此处指法国皇帝拿破仑一世。

的那句话:"普鲁士军官要我来问伊丽莎白·鲁塞尔小姐,她是不是还没有改变主意?"

羊脂球冷冷地回答道:"没有,先生。"

晚饭期间,同盟军的力量削弱了。鸟先生说了三句话,效果都很坏。每个人都搜索枯肠想找出一些新的事例,可是却一无所获。

伯爵夫人可能并未事先考虑,只是有点儿想向教会表示敬意,她向那位比较年长的修女打听那些圣徒都曾干过些什么崇高的事情。殊不知从她口中得知,许多圣人大多都干过一些被我们凡人看做是罪恶的事情,可是只要这些罪恶是为了天主的荣耀和他人的利益而犯下的,那么教会便会毫不犹豫地给予赦罪。

这是一个强有力的论据,伯爵夫人马上加以利用。于是,也许是出于一种双方的默契,或是暗中讨好——凡是身穿教会法衣的全都精通此道——也许是出于一种偶然的巧合或者是一种助人为乐的傻劲,这个年老的修女为他们的阴谋帮了一个大忙。大家原以为她很腼腆,不善言谈,哪知她胆子特别大,而且能说会道,言辞激烈。她从来不受神学中决疑论研讨的影响,她所信奉的教义就像铁打的一样坚硬,她的信念从不动摇,她的良心从来没有过什么不安。她觉得亚伯拉罕的献祭①是再简单不过的事情,因为只要上天有命令下来,要她杀掉父母,她肯定也会马上执行;依她看来,只要用意是好的,做任何事情都不会触怒天主。伯爵夫人要利用她那位从天上掉下来的同谋者的神圣的权威,想引导她对"只顾目的,不问手段"这句道德格言做一番有感化力的注释。

---

① 亚伯拉罕:犹太人的始祖。据《圣经》传说,耶和华要考验亚伯拉罕,指令他把爱子以撒作为献祭,亚伯拉罕准备去做,但在最后一刻,一位天使救下以撒,叫亚伯拉罕在附近的灌木丛里抓一只公羊代作献祭。

## 大作家讲的小故事

她问那个老修女：

"那么，嬷嬷，您认为只要能达到目的，无论走哪条路天主都是允许的，是吗？只要动机是纯洁的，行为本身总是可以得到天主原谅的，是吗？"

"这还有什么可以怀疑的呢，太太？一个本身应该受到谴责的行为，往往因为激起这个行为的念头是好的而变成可敬的了。"

她们就这样继续讲下去，她们剖析天主的意愿，预测天主的决定，强使天主去关心一些实际上跟他毫不相干的事情。

这些话讲得很审慎，既含蓄，又巧妙。可是这个戴修女帽的圣女的每句话，都在那妓女愤怒抗拒的防线上打开了一个缺口。随后，谈话稍许偏离了主题，手里拿着念珠的女人谈到了她那个教派的一些修道院，谈到了她那个修道院的院长，谈到了她自己和她那位身材瘦小的同伴，也就是亲爱的尼塞福尔修女。她们都是应召到勒阿弗尔去看护住在那儿医院里的几百个染上天花的士兵的。她生动形象地描绘了这些可怜人的惨状，详细说明了他们的病情，可就由于这个普鲁士军官的一意孤行，她们被截在半路上。在这几天里，一大批本来可以被她们救活的人可能正在死去，她的专长就是护理军人；她曾经到过克里米亚、意大利和奥地利。在讲述那些她参加过的战役的时候，她顿时显得像一个听惯了军号和战鼓的修女，这样的修女似乎生来就是为了随军转战沙场、在战争的漩涡中抢救伤兵的，她们比长官还要有权威，一句话就能制服那些不守纪律的兵痞子。她是一个真正的随军修女，她那张被无数麻斑损毁的面孔就是一幅描绘战争创痍的图画。

她讲完以后别人不再说什么了，因为她的话似乎产生了相当好的效果。

晚饭吃完以后，大家很快回到各自的房间，第二天早上到很晚

才下楼。

吃午饭时大家很安静,为了给头天播下的种子有发芽结果的时间。

伯爵夫人提议下午出去散步,于是伯爵像预先商定的那样,挽起羊脂球的胳膊,和她一起走在最后。

他跟羊脂球说话时语气亲切,像一个长辈同时又稍带点一个有地位的人跟妓女说话时的矜持,他称她为"我亲爱的孩子",总是站在他所处的社会地位的高度,以无可争辩的高贵身份对待她。他一开始便直截了当、开门见山地谈到了实质问题。

"这么说,您是宁愿让我们待在这里,像您一样,等普鲁士人吃了败仗以后,遭受他们的种种暴行,而不愿意通融一下,同意做一次您一生中常做的事情?"

羊脂球什么也没有回答。

他和她亲切地交谈,循循善诱,动之以情,晓之以理,他知道如何保持"伯爵先生"的尊严,同时在需要的时候又显得非常殷勤,恭维她,跟她表示亲热。他极力渲染她肯帮他们的忙是多么功德无量,他们将对她多么感激。突然,他又用"你"来称呼她,对她说:"而且,你要知道,我亲爱的,他将来还可以自夸,曾尝过一个在他们国内不可多得的美女的滋味呢。"

羊脂球还是默不作声,走到前面一群人中间去了。

一回到旅店,她便上楼到自己的房间里去,再也没有露面。大家都忧心忡忡,焦虑万分。她到底准备怎么样呢?如果她还是坚持不肯,那真是太糟糕了!

吃晚饭的时间到了,大家等羊脂球下来,但没有等到。这时福朗维先生进来,通知说鲁塞尔小姐觉得身体不舒服,大家不用等她,可以吃饭了。大家都竖起耳朵听着,伯爵走近客店老板,轻声

## 大作家讲的小故事

问他:"行了吗?""行了。"为了顾全面子,他对他的同伴什么也没有说,只是对他们微微点了点头。所有的人立刻都从心底里舒了一口长气,脸上都露出了喜悦的神色。鸟先生大叫一声:"他妈的!要是这个旅店有香槟酒,我请客!"哪知店老板真的端了四瓶香槟酒进来,鸟太太不由得心痛万分。每个人顿时都变得有说有笑,甚至又吵又闹,每个人的心里都充满了放荡的快意。伯爵似乎发现卡雷·拉玛东太太相当迷人,而棉纺厂老板则对伯爵夫人大献殷勤。谈话非常热烈、愉快,妙语连珠,趣话不断。

鸟先生突然神色惊恐地举起胳膊嚷道:"安静!"大家吃了一惊,甚至还吓了一跳,都停止了说笑。只见他双手拢在嘴前嘘了一声,一面抬头望着天花板侧耳静听,随后又恢复了平时的声调接着说:"你们放心吧,一切顺利。"

大家最初弄不明白他的意思,但很快都露出了会意的微笑。

一刻钟以后,他把这个闹剧又演了一次,而且整个晚上重复了好几次,他还装作好像在和楼上某个人对话,向那个人提一些只有在他这种掮客的脑子里才想得出的一语双关的建议。有时候他装得愁眉苦脸地叹息着说:"可怜的姑娘啊!"或者怒气冲冲地往牙缝里咕噜着说:"该死的普鲁士人,滚吧!"有时候,谁都不再想这件事了,他却一连好几次地高喊:"够了!够了!"然后又像跟自己说话似的说道:"但愿我们还能见到她活着回来,可别被他弄死了,这个坏蛋!"

虽然这些玩笑趣味低级,庸俗不堪,大家听了非但不觉得刺耳,反而都很高兴,因为愤怒也和其他东西一样,是和环境有关的,而这时在他们周围逐渐形成的气氛里,充满了淫邪的念头。

在吃餐后点心时,连妇女们也说了一些俏皮而又含有深意的隐语。大家的眼睛都是亮闪闪的,因为他们的酒已经喝多了。伯爵即使在偶有行为不端时也能保持他庄严的外表,他打了一个颇得众人赞赏的比喻:他说北极的冰封期已经结束,一群原来被困在里面的人看到通往南方的路已经打开,感到无比喜悦。

兴致勃勃的鸟先生手里拿着一杯香槟酒站了起来,说:"我要为我们的得救干杯!"大家都站起来向他喝彩欢呼。就连那两位修女,也在几位夫人的劝说之下,同意把她们的嘴唇在她们从来没有尝过的泛着泡沫的酒里抿了一抿,她们说这种酒有点儿像柠檬汽水,但味道要好得多。

鸟先生的一句话,把他们的心情做了一个概括:

"遗憾的是没有一架钢琴,不然的话,真可以跳一场四对舞。"

科尔尼代始终一言不发,也没有动一动,他好像沉浸在十分严肃的苦思冥想之中,有时候他狠狠地扯一下自己的大胡子,好像要把它再拉长似的。将近午夜,大家要散伙了,这时已喝得头重脚轻的鸟先生突然走过来拍了拍他的肚子,咕噜咕噜地对他说:"今天晚上,您,您怎么不高兴?您什么也不说,公民?"哪知科尔尼代却突然抬头,用咄咄逼人的目光把所有的人扫视了一遍,说:"我告诉你们大家,你们刚才干的事情卑鄙透顶!"他站起来,走到门口,又说了一遍:"卑鄙透顶!"然后在门外消失了。

这句话一开始像一桶凉水浇在他们头上,鸟先生被顶撞得狼狈不堪,呆若木鸡,可是,在他恢复镇静以后,突然发出一阵狂笑,嘴里不住地说道:"因为吃不到,所以发脾气,我的老兄,因为吃不到,所以发脾气。"大家不懂他的意思,他便把"走廊秘事"讲了一遍。于是,这伙人又欣喜若狂起来,几位夫人快乐得像疯了一样。伯爵和卡雷·拉玛东先生笑出了眼泪。他们简直不能相信竟有这样的事。

## 大作家讲的小故事

"怎么！您能肯定吗？他真想……"

"我跟你们说，我是亲眼看见的。"

"而她，居然还拒绝了……"

"因为普鲁士人就在隔壁房间里。"

"不可能吧？"

"我向你们发誓，是这么回事。"

伯爵笑得喘不过气来，棉纺厂老板也笑得双手捂着肚子。鸟先生继续说道：

"所以你们明白了吧，今天晚上，他笑不出来，一点也笑不出来。"

三个人再次哈哈大笑，笑得肚子痛，笑得喘不过气来，笑得咳嗽不止。

笑完后大家就散了。鸟太太的性格像刺人的荨麻一样，夫妇俩刚躺到床上，她便告诉丈夫说，卡雷·拉玛东太太这个"小妖精"整个晚上笑得都很不自然："你知道，女人们要是看中了穿军服的，那么不管是法国人还是普鲁士人，对她们来说完全一样；这还不够丢脸吗？我的天啊！"

这一整夜，在黑咕隆咚的走廊里，总像有阵阵的颤动声、轻得几乎听不见的喘息声；有光着脚在地板上走路的声音以及难以察觉的咯吱声。可以肯定大家到很晚才入睡，因为过了很久各个房间的门下还透漏出一丝亮光。这些都是香槟酒的效果，据说香槟酒能驱散睡意。

第二天天气晴朗，冬天的阳光普照大地，把白雪映照得发出耀眼的光芒。驿车套上了马，在门口等着，一大群粉红色眼睛黑瞳仁的白鸽，脖子缩在软软的羽毛里，正悠然自得地在六匹马的腿下来来去去，在刚拉下的还冒着热气的马粪中寻觅它们的食物。

车夫裹着他那块羊皮，坐在车座上抽烟斗，旅客们都笑容满面，催促着客店里的伙计快些替他们包扎好下一段旅程中要吃的食物。

只等羊脂球一个人了。她出现了。

她似乎有点心慌意乱，又有点害羞，她怯生生地向她的同伴们走来，可是这些人都不约而同地转过脸去，就像根本没有见到她。伯爵神色凛然地挽起妻子的胳膊走向一边，对这个不干净的女人远而避之。

胖姑娘吃惊地站住了，随后又鼓起勇气，谦恭地对棉纺厂老板的妻子小声问候："早安，夫人。"对方只是傲慢地点了点头，同时还瞪了她一眼，像自己的贞洁受到了污辱似的。人人好像都很忙碌，并且都离她远远的，仿佛她的裙子带来了什么传染病。接着，大家急匆匆地向车子奔去，羊脂球一个人落在后面，她独自一人爬上车，一声不响地坐在她前一段旅途中坐过的位子上。

大家仿佛都看不见她，不认识她。鸟太太则恶狠狠地在远处打量她，轻声对她的丈夫说："幸亏我不坐在她旁边。"

笨重的马车摇晃起来，旅行又开始了。

起先大家谁也不讲话。羊脂球头也不敢抬起来。她恼恨这些同车人，也为自己让了步感到羞愧，她是被这伙人虚情假意地推进了那个普鲁士军官的怀里受糟蹋的。

不过伯爵夫人很快就打破了这种令人难受的沉寂，她回头对卡雷·拉玛东太太说：

"我想，您大概认识德·埃特雷尔夫人吧？"

"是的，她是我的朋友。"

"这个女人很迷人啊！"

"真是可爱极了！一个真正的美女，而且很有学问，她通晓各

种艺术,歌也唱得很动人,画画的功底也很深。"

棉纺厂老板在和伯爵交谈,在车窗玻璃的嗒嗒的撞击声中,偶尔可以听到几个词儿:"息票……溢价……期限。"

鸟先生和他太太在玩别吉克①。牌是他从旅店里偷来的,在旅店里不干不净的桌子上摩擦了已有五年之久,龌龊得已经不成模样了。

两位修女取下挂在腰带上的长串念珠,一起在胸前画了一个十字,嘴唇便立刻快速地蠕动,而且越来越快,像比赛念经似的。她们还时不时地拿起一块圣像牌吻一下,再画个十字,然后又飞快地咕噜起来。

科尔尼代呆坐着,正在想心事。

走了三个小时以后,鸟先生把牌收了起来。"饿了。"他说。

于是,他的妻子拿起一个用细绳子扎好的小包,从里面拿出一块冷牛肉。她麻利地把它切成整齐的薄片,两个人开始吃了起来。

"我们也吃吧?"伯爵夫人说。得到了大家的同意后,她便把为两家一起准备的食品包解了开来。里面有一只椭圆形的盆子,盆盖上有一只陶瓷的兔子,表示里面有一只煮熟的野兔,那是一种滋味鲜美的肉食:棕色的野兔肉上横着几条亮晶晶的白膘,还夹杂着各种剁碎的肉。一大块格吕耶尔干酪,是用一张报纸包着的,报上的"社会新闻"四个字印在油汪汪的干酪上。

两位修女从包里拿出一段散发出大蒜味的香肠;科尔尼代把双手同时插进他那件大外套的两只大口袋里,从一只口袋里掏出四只煮熟的鸡蛋,从另一只口袋里掏出一段面包。他剥下蛋壳,扔在脚下的干草里,拿着鸡蛋就咬起来,淡黄色的碎屑掉在他的大胡子

---

① 别吉克:一种用32张牌玩的纸牌游戏。

上,就像是一颗颗星星。

羊脂球因为起床时匆匆忙忙,慌里慌张,什么也没想到要准备,她看着这些人心安理得地在吃他们的东西,不禁怒火中烧,憋得气也喘不过来。起先是一阵狂怒使她浑身发抖,她张开嘴巴想把一连串已经冲到嘴边的骂人话喊出来,可是因为急火攻心,堵住了嗓门,她连一个字也说不出来。

没有一个人看她一眼,也没有一个人想到她。她觉得自己被淹没在这些衣冠禽兽的人的轻蔑里面,这些无赖先是把她当做祭品奉献给敌人,随后又把她当做一件肮脏而无用的东西抛弃掉。这时她想起了她那只装满了美味佳肴的大提篮,那些东西已经被他们狼吞虎咽地吃了个精光;她想起了她那两只冻得油光闪亮的子鸡,那些馅饼,那些梨子,还有那四瓶葡萄酒。可是她的怒气这时反而又平息下来,就像一根绷得太紧的绳子突然断了一样,她觉得快要哭出来了。她拼命地忍住,像孩子似的把呜咽往肚子里吞,可是泪水还是往上涌,眼圈湿了,马上便有两大滴泪珠夺眶而出,慢慢地顺着脸颊滚下来。后面的泪珠不断地涌出,越来越快,就像从岩石中渗出的水滴,一滴一滴落在她高耸的胸脯上。她始终挺着身子坐着,眼睛直勾勾地看着前面,苍白的脸绷得紧紧的,但愿别人不要看到她在哭。

可是伯爵夫人还是看到了,并使个眼色告知她的丈夫。伯爵耸了耸肩膀,似乎在说:"有什么办法呢?这又不是我的错。"鸟太太露出一个得意的笑容,轻轻地说:"她感到丢脸,所以哭了。"

两位修女把吃剩的香肠卷在一张纸里,又开始念起经来。科尔尼代在消化他刚吃下去的鸡蛋,他把两条长腿伸到对面的长凳下面,脸朝着天,双臂交叉放在胸前,像刚刚想出了一条捉弄人的妙

## 大作家讲的小故事

计,微微一笑,开始用口哨吹起《马塞曲》来。

所有人的脸色都阴沉下来了。这支人民的曲子肯定不会受到同车人的喜欢。他们烦躁、愤怒,仿佛就要大喊大叫了,就像狗听到手摇风琴的声音就要吠叫一样。科尔尼代觉察出了这一点,吹得更加起劲,有时候甚至还哼上几句歌词:

对祖国神圣的爱,

快来指挥,支持我们复仇的手,

自由,亲爱的自由,

快来跟保卫你的人们一起战斗!

地面的积雪冻得比较硬了,车也走得快了一些。在抵达迪耶普以前这几个小时漫长而愁闷的旅途中,在马车的颠簸震动中,在黄昏降临、车厢里一团漆黑的时候,他始终是那么执拗地吹着这支单调的复仇曲调,迫使那些既疲倦又恼火的人,不得不一遍又一遍地从头至尾听着他的口哨声,并且随着每一个节拍就会记起每一句相应的歌词。

羊脂球一直在哭。在黑暗中,有时候在两节曲调之间,会传出一声她没能忍住的呜咽。

(本篇首次发表于1880年出版的中短篇小说集《梅塘晚会》。该小说集共收小说六篇,作者除莫泊桑外,尚有左拉等五人。)

## 大作家讲的小故事

### 赏析与品读

　　莫泊桑的细节描写与其他作家不同之处，就在于他的细节描写之间常常不是单一、无关联的，而是成对成组，构成一个系列化的细节描写群。在文中作者通篇都在用一个不愿委身侵略者、地位卑微的妓女和当时上层人士作对比，特别是对乘客在驿车上两次进餐情形的描写，第一次进餐羊脂球把自己准备的一大篮食物慷慨地分给那些未来得及准备食物的同车乘客；第二次进餐时那些曾分食羊脂球食物的乘客——社会上流人士、"正人君子"在车上大吃大喝，把未准备食物的羊脂球冷落在一边挨饿。两次描写对比鲜明，把羊脂球的自我牺牲精神、乐于助人的善良品格与那些所谓的上流社会中人的无耻、卑鄙和自私突现出来。

　　这篇小说描绘出了资本主义社会人与人之间的地位隔阂、建立在金钱上的虚伪友谊和亲密，充分地表达了莫泊桑的爱国主义精神和对只顾私利的贵族资产者们的寡廉鲜耻的抨击。

# 两个朋友

● 带着问题读一读，你会收获更多 ●

1. 文章开头的环境描写有什么作用？请简要回答。
2. 文中说："这种快乐只有当你所酷爱的一种享受长期被剥夺之后又重新获得时，才能感受得到。"你有过这种经历和体会吗？说出来与大家分享一下。

## 大作家讲的小故事

巴黎被包围了①,在饥饿中呻吟着。屋顶上难得看到麻雀。下水道中也空空荡荡,连老鼠都灭绝了。人们饥不择食,什么都吃。

正月里的一个晴朗的早晨,莫里索先生——一位职业钟表匠,有时也是住在家中的国民自卫军——正空着肚皮,双手插在制服裤子的口袋里,闷闷不乐地沿着环城林荫大道散步。突然,他在一个也穿着制服裤子的人面前站住了,原来他认出这是他的一个朋友,从前在河边相识的索瓦热先生。

打仗以前,每逢星期天,莫里索都是天一亮就出发,手里拿着竹制的钓鱼竿,背上背着白铁做的罐子。他搭乘开往阿尔让特伊的火车,在科隆布下车,然后步行到马朗特岛。一到这个他梦萦魂牵的地方,他马上就开始钓鱼,一直钓到天黑。

每个星期天,他总会在这里遇到一个性格开朗的矮胖子,德洛雷特圣母大街的服饰用品商索瓦热先生,他也是一个钓鱼迷。他们手持钓竿,肩并肩地坐着,两条腿悬在水面上摇来晃去,常常一坐就是半天,相互间的友谊就这样产生了。

有时他们整天一句话也不说,有时也聊上几句。不过即使他们一句话不讲,他们相互也是那么了解,因为他们趣味相投,感觉一致。

春天里,上午十点钟左右,朝阳照在平静的水面上,使得水面飘起一层薄薄的雾气,随着水流轻轻地浮动。和煦的阳光也把它的热力射向这两个钓鱼迷的脊背,使他们感到春天的温暖,异常舒服。这时莫里索偶尔会朝着他身旁的人说上一句:"嘿,多舒服啊!"而索瓦热先生则回答说:"我不知道有什么比这更惬意的了。"这一问一答就足以使他们互相了解、互相尊重了。

---

① 本篇为普法战争中的故事,背景是1870年普鲁士人包围巴黎。

秋天里，白昼将尽的时刻，夕阳将天空照得通红，绯红色的云彩倒映在水里，把水面染成一片绛紫色。天际像着了火似的，将两个朋友笼罩在一片红光中。已经预感到冬天的肃杀，正在簌簌发抖的枯黄的树木也镀上一层金色。这时索瓦热先生微笑着朝莫里索说："多美丽的景色啊！"心里也正在赞叹不已的莫里索一边眼睛不离开他的浮子，一边回答说："嘿，这可比林荫大道美多了！"

现在他们一下子互相认出以后，就立刻紧紧地握手，为在这一非常时期里相遇激动不已。索瓦热先生叹了一口气，轻轻地说道："这是多大的变化啊！"神情忧郁的莫里索也感慨地说："多好的天气啊！今年还是头一次遇到这种好天气呢！"

确实，天空一片碧蓝，阳光异常明媚。

他们肩并肩，郁郁不乐，漫不经心地向前走着。莫里索又说道："还记得钓鱼吗？嘿，多好的回忆啊！"

索瓦热先生问道："我们什么时候才能重新到那里去呢？"

他们走进一家小咖啡馆，每人喝了一杯苦艾酒，然后又继续在人行道上闲逛起来。

莫里索突然站住说："再来一杯怎么样？"索瓦热先生表示同意，说："我听您的。"于是两人又走进一家小酒店。

他们走出来时已经昏头昏脑，就像那些空腹喝酒的人一样，肚子里的酒精使他们晕头转向。天气很暖和，温柔的微风拂过他们的面庞，使他们感到异常惬意。

索瓦热先生被和煦的微风吹得飘飘然，已经半醉了，他站住说：

"我们到那儿去怎么样？"

"到哪儿去？"

"钓鱼去啊！"

## 大作家讲的小故事

"到哪儿去钓?"

"当然到老地方——我们的岛上。法国军队的前哨阵地就在科隆布附近。我认识迪穆兰上校,放我们过去没问题,一句话。"

莫里索高兴得发抖了,说:"好极了,一言为定。"于是他们分头去拿自己的钓鱼工具。

一个小时以后,他们又肩并肩地走在大路上,随后来到上校占用的那座别墅。听了他们这个荒唐的想法后上校笑了起来,也就同意了他们的要求。于是两个人揣着通行证又出发了。

他们很快就跨过前哨阵地,穿越被抛弃的科隆布,来到几个小葡萄园的边缘。这些葡萄园就在塞纳河的斜坡上。这时是上午十一点左右。

对面的阿尔计特伊村子一片死寂。奥尔热蒙和萨努瓦两座山冈俯视着整个地区。一直延伸到南泰尔的辽阔的平原上空空荡荡,除了光秃秃的樱桃树和死气沉沉的耕地以外什么也看不到。

索瓦热先生指着这些山冈轻声说:"普鲁士人就在那上面!"面对着眼前这块荒凉的田野,两个朋友心怵得手脚都有点发软了。

"普鲁士人!"他们还从未见过,但几个月以来一直感到他们的存在,因为他们就在巴黎的周围。他们正在蹂躏法兰西的土地,掠夺她的财富,屠杀她的人民,并使他们忍饥挨饿。他们虽然还没有见到过,却已感到他们的无比威力了。对这个陌生的不可一世的民族,他们除了憎恨以外,还有一种近乎迷信的恐惧心理。

莫里索结结巴巴地说:"哎呀!要是我们碰上他们怎么办呢?"

索瓦热先生以巴黎人特有的那种在任何情况下都爱开玩笑的性格回答说:"那我们就请他们吃一顿油煎鱼吧。"

但他们迟疑着,不敢就这么走到田野里去,四下里这样静谧使他们害怕。

最后索瓦热先生下了决心，说："走！我们去吧！不过要特别小心。"于是他们躬下身子，睁大眼睛，竖起耳朵，利用一些灌木丛做掩护，匍匐着走进一块长满葡萄的坡地里。

现在还得越过一块光秃秃的狭长地带才能到河边。他们一跃而起奔过去，跑到河边，马上躲在干枯的芦苇丛里。

莫里索把耳朵贴在地面上，倾听附近有没有人走动。他什么都没有听到，除了他们两人，周围没有别人，肯定没有别人。

于是他们放心地钓起鱼来。

对面被遗弃的马朗特岛正好掩护他们，不让河对岸看到，岛上那座小饭馆门窗紧闭，好像已经多年无人过问似的。

索瓦热先生首先钓到一条鲌鱼。跟着莫里索也钓到一条。他们不时地举起钓竿，线头上都挂着一条活蹦乱跳的银白色的小东西。这真是一次成绩好得令人惊奇的垂钓。

他们把鱼轻轻地放进浸在脚下水中的一个网眼非常细密的网兜里，心中充满一种说不出的快乐。这种快乐只有当你所酷爱的一种享受长期被剥夺之后又重新获得时，才能感受得到。

温热的阳光照得他们肩背暖洋洋的。他们什么都不听，什么都不想，只知道一心钓鱼，仿佛世界上除了钓鱼再也没有别的事情了。

但突然传来一声低沉的隆隆声，它好像来自地下，震得地面都颤动了。这是大炮又响起来了。

莫里索转过头，视线越过堤岸上方望去，远远地看到左边瓦莱里安山庞大身影的顶端升起一团白色羽饰样的东西，那是大炮喷出来的硝烟。

很快要塞山顶又喷出第二团白烟，隔了一会儿才传来一声新的

## 大作家讲的小故事

爆炸声。

随后又是几下。瓦莱里安山不时吐出死亡的气息，喷出的乳白色的烟雾袅袅地升向宁静的天空，在它的山顶上形成一团云雾。

索瓦热先生耸耸肩膀说："他们又开始了。"

莫里索正焦急不安地注视着一次又一次扎进水里的浮子上的羽毛，这个性情平和的人突然对这些打仗的狂人生起气来，气鼓鼓地说："这样互相残杀简直蠢透了！"

索瓦热先生回答说："简直比畜生还不如。"

莫里索刚刚钓起一条欧鲌，说道："据说只要有政府就总要有战争。"

索瓦热先生接嘴说："不过共和国就不会发动战争。"

莫里索打断他的话："有了国王就要和外国打仗，有了共和国就要在国内打仗。"

于是他们心平气和地讨论起来，试图用他们那种善良的、智力有限的平民百姓的健全的理性，弄清那些重大的政治问题。最后他们一致得出结论：人类永远不会有自由。瓦莱里安山上不停地轰鸣着，用一发发炮弹摧毁法国人民的房屋，粉碎他们的生活，消灭他们的生命，使无数梦想成空，无数欢乐的期待成为泡影，无数幸福的企盼付诸东流，在这里的以及别的地方的许多妻子、女儿和母亲的心里造成永远无法愈合的创痛。

"这就是生活。"索瓦热先生说。

"您还不如说这就是死亡。"莫里索笑着又加了一句。

但他们突然清楚地感到背后有人走动，吓得浑身一哆嗦，掉头一看，挨着他们的肩膀站着四个人，四个全副武装、身材高大、满面胡须的人，穿着像仆人号衣似的制服，戴着平顶大盖帽，正举着枪瞄准他们。

两根鱼竿顿时从他们手里滑脱,掉到河里随水漂走了。

转瞬之间他们已被抓起来,捆上带走。他们被扔进一条小船,渡河送到对面那个岛上。

就在那座他们以为废弃无人的房屋后面,他们看见了二十来个德国士兵。

一个浑身长毛像巨人似的军官,嘴里衔着一只很大的瓷烟斗,骑坐在一张椅子上,用一口地道的法语问他们道:"怎么样?先生们,鱼钓得不错吧?"

这时一个士兵把他特地没有忘了带来的满满一网兜鱼放在军官的脚下。这个普鲁士人笑嘻嘻地说:"嘿!嘿!我说收获不错嘛。不过我们现在要谈的不是这件事情,请听我说,不要害怕。

"依我看来,你们是派来侦察我们的两名奸细。为了更好地掩盖你们的目的,你们假装成钓鱼的样子。现在你们落到了我的手中,活该你们倒霉。我抓住你们,就该枪毙你们,因为这是战争。

"不过,你们是从前哨阵地过来的,你们肯定知道口令才能回去。把口令告诉我,我就饶恕你们。"

这个军官又说道:"绝对不会有任何人知道这件事,你们可以放心地回去。你们一走,秘密也就跟你们一起消失了。要是你们拒绝,等待你们的只有死亡,而且立刻就死。你们选择吧!"

他们一动不动地站在那里,谁都没有开口。

这个普鲁士人神态始终很平静,伸手指着河水说:"想想吧,五分钟后你们就要葬身鱼腹,只有五分钟!你们总有亲人吧?"

瓦莱里安山上一直炮声隆隆。

两个钓鱼人仍旧站在那里一言不发。这个德国人用本国话下了几道命令,然后把椅子移得离这两个俘虏远一些。十二名士兵走过来,站在二十步开外的地方,枪柄靠着脚尖。

## 大作家讲的小故事

军官又说道:"我给你们一分钟时间,多一秒也没有。"

后来他突然站起来,走到这两个法国人面前,抓住莫里索的膀臂,把他拉到一边,低声对他说:"快点告诉我,口令是什么?你的伙伴绝对不会知道,我可以装出怜悯你们的样子。"

莫里索什么都没有回答。

这个普鲁士人又把索瓦热先生拉到一边,向他提出同样的问题。

索瓦热先生同样没有回答。

他们俩又肩并肩地站到一起。

军官开始下命令。士兵们举起了枪。

此时,莫里索的眼光偶然落到那只装满鲍鱼的网兜上,它正躺在几步以外的草地上。

一道阳光照在这堆还在跳动的鱼儿身上,使得它们闪闪发光。他突然感到支持不住了,尽管努力克制,眼睛里还是涌上了泪水。

他结结巴巴地说:"永别了,索瓦热先生。"

索瓦热先生也回答道:"永别了,莫里索先生。"

他们互相握了握手,全身不由自主地哆嗦得摇晃起来。

军官叫道:"放!"

十二支枪同时响了。

索瓦热先生脸朝下,直挺挺地扑倒下去。莫里索身材高大一点,摇晃了几下,转了一个圈,仰面朝天跌下来,横躺在他的朋友身上。血从胸口上被打穿的洞里汩汩地流出来。

德国人又下了几道命令。

他手下的人四散分开,不久又带着一些绳索和石块回来。他们把石块捆在两个死人的脚上,再把这两个人抬到河边。

瓦莱里安山上一直不停地轰鸣着,整座山笼罩在烟雾中,简直成了一座烟山。

两个大兵一个抬头，一个抬脚，把莫里索抬起来，另外两个也用同样的方式抬起索瓦热先生，他们把两具尸体来回荡了几下，然后一使劲抛得远远的。尸体划了一道弧线，然后头朝上，捆着石块的脚朝下，笔直地落进河中。

河水被溅起来，翻腾并冒出水泡，晃动了一会儿，然后又平静下来，细微的波浪一直漾到岸边。

水面上飘着几缕鲜血。

始终泰然自若的军官咕哝说："现在该轮到鱼来吃他们了。"

然后他朝着那座房子走回去。

他忽然瞥见草地上的那一兜鱼，提起来察看了一下，笑嘻嘻地叫道："威廉！"

一个系着白围裙的士兵跑过来。普鲁士军官把这两个被枪毙的人钓来的鱼扔给他，吩咐道："马上给我把这些小鱼煎一煎，趁它们还活着，味道一定很不错。"

说罢又抽起他的烟斗来。

本篇小说用了不到两千字的篇幅写了一个并不曲折的故事：战争期间，钟表匠莫里索与服饰用品商索瓦热相遇在街头，冒着越过前哨阵地的危险去追求往日的乐趣，不料他们在钓鱼时碰到了普鲁士人，结果两人被俘，但他们坚贞不屈，最后被当做间谍枪毙了。他们钓到的鲍鱼成了普鲁士人的盘中餐。作者无一字评点，可是通过对这两个普通法国人和平生活受到侵扰，而且惨遭杀害的经过，

## 大作家讲的小故事

对侵略者的控诉力透纸背,而这种谴责是尽在不言中的。

　　文中没有细致的性格特征的刻画,也没有细腻的心理描写,而是用简明的笔法、典型的细节和简洁的人物语言,把两个平凡而可爱可敬的人物形象描绘出来。莫里索和索瓦热都是巴黎普通的市民,个体户的职业,文中没有外貌描写,只知道他们一个瘦高、一个矮胖。两个朋友都热爱生活,有共同的兴趣爱好。战前垂钓场面里只有简短的四句对白,两人由衷的感叹正表明了和平年代里的怡然自得。后来,他们之所以冒险去钓鱼,不是因为"空着肚子"去寻求物质需求——鱼,而是因为战争剥夺了他们生活的乐趣——钓鱼。在炮火中执著的追求,这是多么不可思议,却又是多么真实而合乎人情,这是一种对高尚精神的追求!

# 米隆老爹

● 带着问题读一读，你会收获更多 ●

1. 从米隆老爹的外貌、神情、语言和动作描写中可见他具有怎样的个性？
2. 文章三处写到敌军的神态，为什么？谈谈你的理解。

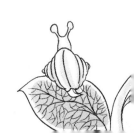

## 大作家讲的小故事

　　一个月来，炎炎烈日把它灼人的火焰喷向田野。在这种火雨的浇灌下，大地显得生机蓬勃，万物欣欣向荣，一眼望去全是一片郁郁葱葱的绿色。

　　天空碧蓝，万里无云。诺曼底人的农庄星星点点地分布在平原上，被围在一圈圈又高又瘦的山毛榉中间，远远看上去像是一片片小树林。走到跟前，推开虫蛀的栅栏门，却又叫人以为是一座巨大的花园，因为那些像农民一样瘦骨嶙峋的老苹果树全都开着花。这些歪歪扭扭、颜色发黑的老树干成行地排列在院子里，把它们红白相间、鲜艳夺目的拱顶伸向空间撑开。

　　苹果花的清香和敞开的牲口厩栏里的浓烈气味，以及肥料堆发酵后冒出的热气混合在一起，弥漫在空气中。肥料堆上栖息着好多母鸡。

　　中午时分，这一家子正在门前梨树的荫凉下吃饭，他们是：父亲、母亲、四个孩子，两个女雇工和三个男雇工。他们很少讲话，喝过浓汤之后，又揭开菜盆，里面是盛得满满的土豆炖肥肉。

　　不时有一个女工站起来，提着酒瓶到地窖里去灌苹果酒。

　　男主人是个身强力壮的大汉，四十左右年纪，正注视着屋前一棵葡萄藤。这棵葡萄还光秃秃的，未长出叶子，像蛇一样蜿蜒曲折的葡萄藤，正沿着百叶窗下的墙壁向上伸展。

　　后来他说："父亲种的这棵葡萄今年发芽发得早，说不定要结果实了。"

　　女主人也转过身来看了一下，没有说什么。

　　他父亲就是在栽这棵葡萄树的地方被枪杀的。

　　事情发生在1870年的战争①期间。普鲁士人占领了整个诺曼底

---

① 指1870年的普法战争。

地区。费德尔布将军①统帅的北方部队还在抵抗。

普鲁士军队的参谋部就设在这个农庄里。农庄主人是个上了年纪的老农民，名叫皮埃尔，人们称他米隆老爹。他接待了他们，并且尽量把他们安置得舒舒服服的。

一个月来，德国的先头部队一直留在村子里观察情况。法国军队在十法里以外的地方，没有一点动静，然而每天夜里都有普鲁士的枪骑兵失踪。

所有派出去执行巡逻任务的侦察兵，只要是两三个人一组的，就从来没有回来过。

第二天早晨，人们在一块田地里，一座房子旁，或者一条沟壑中找到他们的尸体。他们的马也倒在大路上，喉咙已被刀割断。

这些谋杀好像是同一伙人干的，但始终没有破案。

普鲁士人在当地采取了恐怖的报复手段。他们单凭一些捕风捉影的告发就枪杀了一些农民，还抓了一些妇女。他们还恐吓孩子，想从孩子嘴里得到线索，但是始终一无所获。

可是有一天早晨，有人发现米隆老爹躺在他的马厩里，脸上有一道被刀砍的伤口。

距离农庄三公里的地方，又发现两个肚子被捅穿的枪骑兵，其中一个手上还握着沾上血迹的武器。看来他曾经进行过自卫，与杀死他的人搏斗过。

一个军事法庭很快组成，就设在农庄前的露天场地上。老头子被带上来。

他那年六十八岁，个子又小又瘦，已经有点驼背，两只大手像螃蟹螯一样。他的头发已失去光泽，稀稀拉拉，而且细得像幼鸭的

---

① 费德尔布将军：法国将军，当时统率法国的北方军队。

## 大作家讲的小故事

绒毛，到处可以看到露出的头皮。颈项里褐色起皱的皮肤上，现出一根根粗凸的青筋，这些粗筋从下颌骨底下钻进去，又在两个太阳穴上凸出来。当地人都把他看做一个既吝啬又难商量的人。

他们让他站在一张从厨房里搬出来的桌子面前，四个士兵围着他。五个军官和上校坐在他的对面。

上校用法国话说道：

"米隆老爹，自从我们到这里来以后，一直对你很满意。你对我们一向殷勤周到，甚至可以说亲切体贴。但是今天有一件重大的案件牵连到你，必须弄清真相。你脸上这道伤口是怎么来的？"

这个农民什么也没有回答。

上校又说道：

"米隆老爹，你的沉默证明你有罪，不过我还是希望你回答我，你听到没有？你知道今天早上在十字架附近找到的那两个枪骑兵是谁杀害的吗？"

"是我。"老头儿回答得清清楚楚、直截了当。

上校吃了一惊，眼睛盯着这个被抓来的人，半晌没有讲话。米隆老爹脸上毫无表情，带着一副乡下人骏头骏脑的样子，两眼低垂，好像是在和本堂神父说话似的。只有一点可以泄露出他内心的慌乱，就是他在明显地使劲咽口水，一口又一口，好像喉咙完全被堵住了似的。

老头儿的一家人，他的儿子让儿媳和两个小孙子全都站在他身后十步开外的地方，既惊慌失措，又垂头丧气。

上校又说道：

"那么，你也知道一个月来，每天早晨在野外找到的我们军队里的那些侦察兵是谁杀害的吗？"

老头儿还是带着那种木头木脑、无动于衷的表情回答说：

"是我。"

"这些人全是你杀的?"

"不错,全是我杀的。"

"你一个人杀的?"

"我一个人杀的。"

"这些事你是怎么干的?你说给我听听。"

这一次他倒显得激动不安起来,要他讲很长的话显然使他感到很为难。他含糊不清地说:

"这叫我怎么说呢?我都是看当时的情况行事的。"

"我告诉你,你必须把一切都对我讲清楚。所以你最好还是马上就拿定主意。你说说看,你是怎样开始的?"

老头子不安地朝他身后正在倾听的家里人看了一眼,又踌躇了一会儿,然后下了决心。

"就在你们来到这里的第二天晚上,大概十点钟左右,我回家时,你,还有你手下的那些当兵的,你们拿走了我价值五十埃居①的饲料,还有一头母牛和两头绵羊。我心里想:你们拿好了,你们拿去多少我都得叫你们赔出来。而且我心里还有别的不痛快,等一下我会对你们讲的。就在那天晚上,我瞥见你们的一个骑兵在我的谷仓后面的沟边上抽烟斗。我去摘下我的长柄镰刀,然后脚步轻轻地走到他的背后,他一点都没有听见,我像割麦穗似的,一镰刀,只是一镰刀,就把他的脑袋割了下来。他甚至连叫一声'哎呀'都没有来得及。你们只要到那个水塘那儿去找一下,就可以看到他和一块压栅栏用的石头一起塞在一只装煤用的袋子里。

"我有我的打算。我扒下他的全身衣服,从头上的帽子到脚上

---

① 埃居,法国古钱币名,种类很多,价值不一。

## 大作家讲的小故事

的长统靴全扒下来,并把它们藏在院子后面马丁家那片树林中的石膏窑里。"

老头儿不讲了。军官们惊得面面相觑。后来审讯又重新开始,下面就是他们审得的情况:

第一次杀人得手之后,他脑中就整天盘旋着"杀普鲁士人"这个念头。他对他们怀着一种凶狠的、刻骨的仇恨,这种仇恨是只有他这种既贪财又爱国的农民才会有的。正像他自己说的,他有他的打算。

他等了几天。由于他对战胜者表现得那么谦恭驯顺,殷勤周到,因此他们让他随便来去进出。他每天晚上都看到传令兵出发,一天夜里,他听到这些骑兵前往的村庄的名字,他也出去了。平时在和这些士兵的交往中,他已经学会了几句常用的德国话。

他从院子里走出去,溜进树林,来到石膏窑,钻进长长的坑道底部,找到那套死去的普鲁士人的衣服,穿在自己身上。

然后他开始在田野里转来转去,为了隐藏自己,有时爬着走,有时傍着陡坡前进,注意倾听着任何一点动静,像一个偷猎者那样紧张不安。

当他认为时间已经差不多时,就来到大路边,躲在一处荆棘丛里,继续等着。靠近午夜时分,坚硬的泥土路面上传来了嘚嘚的马蹄声。老头儿把耳朵贴在地面上,听准了过来的只有一个骑兵,于是做好准备。

这个枪骑兵身上带着紧急公文,驱马急驰而来。一路上他睁大眼睛,竖着耳朵,小心警惕着。等他到了只有十步远时,米隆老爹爬到路中央,一面呻吟,一面用德语和法语交替叫喊着:"Hilfe!Hilfe!救命!救命!"这个骑兵勒马停下来,看清楚是一个失去坐骑的德国兵,以为他受了伤,就从马上下来,走到他身边,一点戒心都没有。正当他朝这个陌生人俯下身子的时候，一柄弯弯的长马刀已戳进了他的腹部，他连哼都没有哼一声就倒下来，只是抖动了几下就断了气。

这时，这个诺曼底人怀着只有老农民才有的那种不动声色的兴奋，喜滋滋地站起来。为了取乐，他还把死人的喉管割断，随后把尸体拖到沟边扔下去。

那匹马还在安安静静地等待它的主人。米隆老爹跨上马鞍，朝原野疾驰而去。

一个钟点以后，他又发现两个肩并肩返回营地的枪骑兵。他一面又叫着"Hilfe！Hilfe！"一面笔直地朝他们奔过去，那两个普鲁士人已经看清了他的军服，就让他冲过来，丝毫也没有怀疑。老头儿像一颗炮弹似的从两个人中间穿过去，一手用马刀，一手用手枪，把这两个人同时干掉了。

随后他又把两匹马——这是德国人的马！——也杀死。干完这些，他就悄悄回到石膏窑里，并把一匹马藏到阴暗的坑道深处。在这里他又脱掉军服，重新穿上自己那身破破烂烂的衣裳，然后回到床上，一觉睡到天明。

一连四天，他没有出去，等调查的风头过去，但到了第五天，他又出去了，他又杀死了两名士兵，用的是同样的计谋。从此他养成了习惯：每天夜里，月光下，这个已经消失的枪骑兵，这个专门以杀人为目的的猎手，骑着马在空荡荡的田野上东奔西跑，转来转去，时而在这里，时而在那里，寻找机会杀死普鲁士人。任务完成以后，老骑兵丢下几具横躺在大路上的尸体，又回到石膏窑里，把马和军服藏起来。

中午时分，他又若无其事地带着燕麦和水，去喂他那关在地底下的坐骑。他一点不吝惜饲料，把它喂得饱饱的，因为他需要它帮

他完成重大的任务。

但就在前一天晚上,他袭击的这两个人中有一个有了防备,在这个老农民的脸上砍了一刀。

不过他还是把这两个人杀死了。他还能够回到石膏窑,把马藏好,换上他自己那身褴褛的衣服。但就在回家的半路上,突然感到不支,勉强挨到马厩边,就再也不能往前走了。

别人发现他躺在干草堆上,浑身是血……

讲完之后,他突然昂起头,高傲地看着这些普鲁士军官。

上校捻着嘴上的小胡子,问他道:

"你还有什么要说的吗?"

"没有,什么话都没有了,账已算清:我一共杀了你们十六个,一个不多,一个不少。"

"你知道你犯的是死罪吗?"

"我又没有向你们求饶。"

"你当过兵吗?"

"是的。我从前打过仗。再说,我那跟随拿破仑一世皇帝当过兵的父亲就是你们杀死的。还有,你们上个月又在埃夫勒附近杀死了我的小儿子弗朗索瓦。我欠你们的债都已还清。我们现在是谁也不欠谁。"

军官们你望望我,我望望你,惊得说不出话来。

老头子接着又说道:

"八个是还我父亲的债,八个是还我儿子的债,咱们现在是两清。我并不是存心找你们麻烦的,我呀,我根本不认识你们,就连你们从哪里来的我都不知道!但你们来到我家里,喏,在这里发号施令,要怎么就怎么,就好像在你们自己家里一样。我已在那几个人身上报了仇,我一点也不后悔。"

老头子重新挺了挺他那骨头僵硬的上身，双手交叉在胸前，像一个谦虚的英雄那样悠然自得。

普鲁士人低声交谈了好久。一个上个月也失去了自己儿子的上尉为这个崇高的穷老汉辩护。

这时上校站起来走到米隆老爹面前，放低声音说道：

"你听着，老头子，也许还有一个办法可以救你，这就是……"

但这个老头儿根本不听，他双目炯炯有神地逼视着这个战胜者的军官。这时，微风吹动他脑袋上绒毛般稀疏的头发，他紧蹙双眉，使得那张被刀划了一道大口子的瘦脸皱成一团，显得十分怕人。随后他挺起胸膛，吸足气，用尽全身力气，对准这个普鲁士人的脸啐了一口。

上校气疯了，正举起手来，这个老人又朝他脸上唾了第二口。

全体军官站起来，齐声吼叫着发出命令。

不到一分钟，这个镇静如常的老汉就被拉到墙根处决了。这时，他的大儿子和他的儿媳以及两个孙子都惊慌失措地看着他，而他在临死前还朝着他们微笑呢。

**赏析与品读**

莫泊桑的文笔实在是让人佩服，它能把人带入思想的陷阱。第一遍读，我们会被米隆老爹的胆量所折服，"国家兴亡，匹夫有责"似乎是米隆老爹行为的解释；但当我们读第二遍，甚至很多遍时，我们开始深入思考，便会发现，米隆老爹并不是一个英雄，他只是一个普通人，他只是一个痛失父亲和爱子的普通人，他选择了

## 大作家讲的小故事

极端的发泄和复仇方式,他不幸与战争纠缠在了一起。试想,如果米隆老爹不是法国人,而是普鲁士农村的农民,因为血海深仇而杀害了12个法国士兵,这整篇小说也全部换一个视角——完全站在普鲁士士兵的立场,那么,我们读者会站在哪一边呢?这就是作者的高妙之处了。

可再细细一想,作者想要引导我们去思考的,莫非正是这样一种矛盾与莫名——这世上没有对和错,受害者一转眼间就成了杀人犯,而侵略者也会成为死去的普通人。这,或许就是这篇小说所带给我们的启示吧!

# 项链

● 带着问题读一读，你会收获更多 ●

1. 有人认为玛蒂尔德爱慕虚荣，有人认为她善良诚实，还有人认为她性格中有坚韧、忍耐和吃苦的精神，你怎么认为呢？
2. 小说到最后才说出项链是假的，但其实作者已在前面埋下伏笔，聪明的你能看出其中的蛛丝马迹吗？

## 大作家讲的小故事

世界上就有这样一些美丽的姑娘，她们长得面目姣好，风姿迷人，却由于造化弄人，偏偏错生在一个小职员的家庭里。这一位姑娘也是如此，她既无陪嫁的财物，又无可以指望的遗产，没有任何办法能让一个既富有又高贵的男人认识、了解、喜爱并且娶她，最终不得不听人摆布，嫁给了公共教育部的一个小职员。

她没有钱打扮自己，穿得很简朴，但她心里总像一个被降低了身份地位的人一样，感到委屈不平。因为对女人来说，本来就没有什么社会等级和门第血统，她们的姿色、她们的风度、她们的魅力就是她们的出身和门第。单凭她们天生的聪慧、她们自然的优雅和她们机智的头脑，就足以使这些平民百姓家的姑娘能和最高贵的妇人平起平坐。

她觉得自己生来就是应该享受各种优雅、豪华的生活的，因此总是感到满腹委屈，诸如简陋的居室、寒伧的墙壁、破损的椅凳、丑陋的衣衫都使她心中酸楚不已。所有这一切，换了与她同一阶层的另一个女子，可能连想都不想，而她却总是耿耿于怀，激愤难平。那个个子矮小的布列塔尼[①]女佣在帮她料理她的简单的家务时，总会勾起她的伤心和悔恨，并使她想入非非。她幻想起那种壁上挂着东方挂毯，由高大的青铜枝形烛台照亮的、寂静无声的候见厅；厅里还有两个身材魁梧，穿着短套裤长袜子的男仆，在热烘烘的暖气中，躺在宽大的安乐椅上昏然欲睡。她幻想起那种四壁蒙着古色古香的丝绸帷幔的大客厅，幻想起那些上面陈放着珍奇摆设的精致的家具；还有那种经过精心布置的、香气沁人的小客厅，这些小客厅是专门用于下午五点钟和最亲密的朋友们谈心的。其中那些男朋友自然全是所有女人都爱慕并渴望得到其垂青的、到处受欢迎

---

[①] 布列塔尼：地区名，在法国西北部，面临大西洋和拉芒什海峡。

的知名人士。

她坐在那张铺着一块三天没洗的桌布的圆桌前用餐，对面的丈夫一面揭开大汤碗，一面喜不自胜地大声说着："哎呀！多好吃的牛肉蔬菜浓汤啊！我不知道还有什么比这个更好吃的了……"每当这时，她就想起那些精美的晚餐，那些闪闪发光的银餐具，那些挂在四面墙上的壁毯——壁毯上绣着古代人物，还有一座仙境般的森林，树上栖息着各种珍禽异鸟；她想着那些盛在精致考究的器皿里的美味佳肴，想着她一面吃着一块粉红色的鳟鱼肉或者松鸡的翅膀，一面带着神秘莫测的微笑倾听着席间男友向她献媚的娓娓情话。

她没有什么漂亮的衣装，也没有什么珠宝首饰，总之，什么都没有。而她偏偏就喜爱这些。她觉得自己生来就是为了享用这些东西的。她多么希望自己招人喜爱，被人艳羡，魅力迷人，到处为人所倾倒啊！

她有一个有钱的女朋友，是过去在修道院办的女寄宿学校的同学。现在她却不愿再去看她了，因为每次去过后总会让她感到极大的痛苦，既伤心又懊恼，既悲哀又绝望，要一连难过上好几天。

一天晚上，她的丈夫回家时，手里拿着一只大信封，脸上显出得意洋洋的样子。

"瞧，"他说，"看我给你带来了什么东西！"

她急忙撕开信封，从里面抽出一张印好的请柬，请柬上印着下面的内容：

　　公共教育部长乔治·朗蓬诺偕夫人恭请
　　卢瓦泽尔先生和夫人光临一月十八日（星期一）
　　在本部大厦举行的晚会

## 大作家讲的小故事

她并没有如她丈夫预期的那样欣喜若狂，反而恼恨地把请柬往桌上一丢，低声抱怨着说：

"你把这个给我干什么？"

"啊，亲爱的，我原以为你会高兴的呢。你从来没有参加过这种晚会，这可是一次机会，而且是一次难得的机会！我费了好大的劲才弄到这张请柬的。大家都想要，非常难得，给小职员的本来就少。你在晚会上可以见到所有官场上的人物哩。"

她怒气冲冲地看着他，终于不耐烦地大声嚷道：

"你叫我穿什么衣服到这种场合去？"

他倒是没有想到这一点，结结巴巴地说：

"你去戏院穿的那套衣服呢？依我看，那一套就不错嘛……"

他打住了话头，惊慌失措地呆在那里，因为他看见妻子哭了，两大颗泪珠正从她的眼角慢慢地流向嘴边。他嗫嚅地说道：

"你怎么啦？你怎么啦？"

她下了下狠劲压下心中的痛苦，一面擦拭被泪水沾湿的双颊，一面用平静的声音回答说：

"没有什么，只不过因为我没有合适的衣服，所以不能参加这种晚会。你把请柬送给一个妻子穿得比我好的同事去吧。"

他心里很不是滋味，说道：

"这样吧，玛蒂尔德，一套除了晚会别的场合也能穿穿的、简单得体的衣服，最少要多少钱？"

她想了几分钟，心里算了一下账，又考虑了提出的数目别让这个俭省惯了的小科员吃惊得叫起来，以致遭到断然拒绝。

她终于迟疑不决地回答说：

"我也不知道准确的数目，不过我觉得有四百法郎大概总可以了。"

他的脸色有点发白,因为他正好为自己积攒了这笔钱数,是准备买一支猎枪用的。他想尝尝打猎的味道,等到夏天的某个星期日,可以同几个朋友一起到南泰尔原野上去打云雀。

不过他还是答应了:

"好吧,我就给你四百法郎,不过要尽量想办法用这些钱去做一件最漂亮的衣服。"

晚会的日子临近了,卢瓦泽尔太太的衣服已经准备好,但她仿佛并不高兴,整天闷闷不乐,愁容满面。一天晚上,她的丈夫问她:

"你怎么啦?这两三天来你好像心事重重的。"

她答道:

"你看我身上什么戴的、挂的都没有,既没有一粒珠宝,也没有一件首饰,叫我怎么去参加晚会?我还是不去的好。"

他说:

"你可以戴几朵花嘛。在这个季节里,戴上几朵鲜花是很别致的。只要花上十个法郎,就可以买到两三朵漂亮的玫瑰花了。"

她一点也听不进去。

"不行……在这些有钱的女人中间显出寒酸相,没有比这更丢脸的了。"

她的丈夫突然叫起来:

"你真傻!去找你的朋友福雷斯蒂埃太太借几件首饰嘛,凭你和她的关系,完全可以向她开口的。"

她高兴得叫了起来:

"真的,我怎么一点没有想到!"

第二天她就去她的朋友家里,向她诉说自己的苦恼。

## 大作家讲的小故事

福雷斯蒂埃太太走向她带镜子的大衣橱，取出一只大首饰匣子，拿回来打开，向卢瓦泽尔太太说：

"亲爱的，你随便挑吧。"

她首先看到几只手镯，接着又看到一串珍珠项链，随后又看到一个镶嵌宝石的金十字架，做工极其精细，是威尼斯的产品。她对着镜子将这些首饰戴在身上试来试去，犹豫不决，不知到底选哪一件好，简直舍不得拿下来还给主人，嘴里还不停地问道：

"你还有另外的吗？"

"有啊，你自己找嘛，我不知道你喜欢哪一种。"

突然，她在一只黑缎子的小盒子里发现了一串华丽无比、光彩夺目的钻石项链。她一眼便看中了，喜欢得心都怦怦跳起来，连拿着项链的手也发抖了。她把项链扣到颈子上，露在连衣裙的领口外面，对着镜子心醉神迷地看来看去。

随后，她忐忑不安，迟迟疑疑地问道：

"你能把这件借给我吗？我只要这一件。"

"当然可以。"

她跳起来，搂着她朋友的脖子狂热地亲了她一下，然后拿着她的宝贝飞快地跑了。

晚会的日子到了，卢瓦泽尔太太一举获得成功。她的美貌压倒了所有在场的女人。她举止优雅，仪态万方，脸上始终带着迷人的微笑，快乐得简直要发疯了。所有男人的眼睛都盯着她，打听她的名字，想方设法和她结识。部长办公室的每个随员都希望跟她一起跳舞，连部长也注意起她来了。

她兴奋、发狂地跳着，快乐得飘飘然，什么都不去想了。她的美丽给她带来如此的胜利，她的成功是如此辉煌；所有男人都对她

## 大作家讲的小故事

表示敬意，对她发出赞美，对她显出欲望；她已获得女人心目中那种最甜蜜、最完美无缺的幸福。所有这一切构成一片幸福的彩云，她已完全陶醉在这片彩云中间了。

直到凌晨四点钟她才动身回家。她的丈夫从半夜起就在一间幽静的小客厅里睡着了，同他在一起的还有另外三位先生，他们的太太也都在尽情狂欢。

他把带来的准备散场出来御寒的衣服给她披在肩上，这是平常日子里穿的简朴的衣裳，它那寒伧的样子和漂亮的舞会服装相比，明显不相协调。她感觉到这一点，想快点离开，免得被那些裹在裘皮大衣里的阔太太看到。

卢瓦泽尔拉住她说：

"等一下，到外面你会着凉的。我去叫一辆马车来。"

她根本不听他的话，急急忙忙冲下楼梯。等他们走到街上，却看不到马车，于是只好开始寻找，只要看到远处有一辆车子经过就高声叫唤。

他们沿着下坡道朝塞纳河走去，垂头丧气，浑身冻得发抖。最后总算在沿河街上找到一辆专门做夜间生意的老式马车。这种马车在巴黎只有在夜幕降临后才能见到，仿佛由于它们白天自惭形秽，只有到夜晚才敢出来游荡似的。

马车一直将他们送到殉道者街的家门口。他们闷闷不乐地爬上楼回到家里。对她来说，一切都已结束；而他，满脑子只是想着十点钟必须赶到部里去上班。

她脱掉披在肩上御寒的衣服，站在镜子前，想再看一次荣光中的自己。但突然她发出一声尖叫：她脖子上的项链不见了。

她的丈夫已经脱掉一半衣服，问她：

"你怎么啦？"

她转身向他，慌乱地说：

"我……我……我向福雷斯蒂埃太太借的项链不见了。"

他霍地站起来，大惊失色地说：

"什么！……怎么！……这不可能！"

他们在连衣裙的褶裥里找，在外套的褶裥里找，找了褶裥又找口袋，到处找遍了，哪儿都没有。

他问她：

"你能肯定在离开舞会时还戴着吗？"

"肯定。经过部里大楼前厅时我还摸过它哩。"

"不过要是掉在街上，我们总应该听到落地的声音的。想必掉在马车里了。"

"嗯，这很可能。你记下马车的车号没有？"

"没有。你呢？你没有记住车号吗？"

"没有。"

他们面面相觑，简直吓呆了。最后卢瓦泽尔重新穿上衣服，说道：

"我到我们刚才走过的那段路去走一遍，看看能不能找到。"

说完他就出去了。她连脱衣上床睡觉的力气也没有了，身上还穿着晚会的服装，瘫倒在一张椅子上，也顾不得去生火，脑子里一片空白。

七点光景，她的丈夫回来了。什么也没有发现。

随后他又去了警察局，并到各家报社去悬赏寻找，还去了马车行。总之，只要有一线希望的地方他都去了。

整整一天，她就在这飞来横祸中心惊肉跳地等待着。

傍晚，卢瓦泽尔回来了。他面色苍白，两颊都凹陷下去了，还是什么线索也没有。

### 大作家讲的小故事

"只好写一封信给你的朋友了,"他说,"就说你把她的项链襻扣弄断了,正在送去修理。这样可以让我们有点喘息的时间来考虑如何办。"

在他的口授下,她把信写出去了。

一个星期过去了,他们已经完全绝望了。

卢瓦泽尔好像一下子老了五岁。他说:

"看来只好买一条赔她了。"

第二天,他们拿着那个装项链的首饰匣子,根据上面的店名,找到那家珠宝店。店主人查阅了账簿,说道:

"夫人,这串项链不是我们这里卖出去的。可能只在我们这里买了这只匣子。"

于是他们从一家珠宝店跑到另一家珠宝店,凭着记忆,寻找一条与原来相同的项链。两个人又愁又急,几乎要病倒了。

他们终于在王宫附近的一家珠宝店里找到一串钻石项链,看上去与他们要找的一模一样。这串项链标价四万法郎。店主同意以三万六千法郎卖给他们。

他们请求珠宝商三天之内不要卖出,并且谈好条件,如果他们在二月底以前找到原来那串项链,店主将以三万四千法郎的价格回收这串项链。

卢瓦泽尔存有父亲遗留给他的一万八千法郎,其余部分只好去借了。

他开始借起债来:向这个借一千法郎,向那个借五百法郎;从这里借五个路易,从那里借三个路易。他开出不少借条,承诺了许多足以使自己破产的条件。他和高利贷者以及形形色色的放债人打交道,不管将来能否有能力归还,冒着后半辈子的生活要受到损害的危险，在借据上签字画押。其实他内心充满恐惧，他害怕未来受煎熬的日月，害怕即将压倒在身上的极端贫困，害怕那种精神肉体双重折磨的远景。他就是带着这种心情把三万六千法郎放到珠宝店的柜台上，取来那串新的项链。

卢瓦泽尔太太把项链送回去时，福雷斯蒂埃太太脸上带着不悦的神色说：

"你本该早一点还我的，我可能要用的啊。"

她没有打开首饰匣，这正是卢瓦泽尔太太希望的。因为她担心福雷斯蒂埃太太发现项链不是原来的，那样一来，她会怎样想呢？她又会说什么呢？她不会把她当成贼吗？

卢瓦泽尔太太过上了可怕的贫困生活。不过她早已英勇地下定决心，非还清这笔巨大的债务不可，她会还清的。他们辞退了女佣，搬了家，租了一间斜屋顶的小阁楼居住。

家里的粗事、厨房里的肮脏活儿都由她自己干。粉红色的指甲在洗刷餐具中，由于不断和油腻的陶瓷盆碟、铁锅锅底擦碰，已经磨损得不像样子了。她洗涤脏了的被褥衣衫、餐巾抹布，洗好再挂在一根绳子上晾干。每天早晨，她把垃圾拎到楼下街边，再把水提到楼上，每上一层楼都不得不停下来喘气。她的穿着已和平民妇女一模一样。她手臂上挎着篮子，去肉铺、去蔬菜水果店和食品杂货店买东西。为了节省她那一点点少得可怜的钱，她和店主讨价还价，每一个苏都斤斤计较，有时还要遭到辱骂。

他们每个月都得偿还几笔债款，同时还要续借几笔，以延缓一些还债的时间。

丈夫利用晚上的时间给一个商人誊写账目，常常深更半夜也在替人抄写，每抄一页可以得到五个苏的报酬。

## 大作家讲的小故事

这样的生活整整过了十年。

十年以后，他们还清了所有债务，包括高利贷的利息和利上滚利的利息全部还清了。

卢瓦泽尔太太现在看上去已经像个老妇人了。她已变成一个活脱脱的穷苦人家的妇女，一个粗壮、坚强、泼辣的女人。她头发梳得马马虎虎，裙子也系得歪歪扭扭，两只手通红，用大嗓门说话，用大盆大盆的水冲洗地板。不过有几次当她的丈夫在办公室上班的时候，她坐在窗口，偶尔也会想起当年的那次晚会，想到那次舞会上她是那么漂亮，那么受人欢迎。

要是她没有丢失那条项链，后来会怎样呢？谁知道呢？生活就是这么古怪，这么变幻莫测！一件小事可以使你平步青云，也可以断送你的一生。

一个星期天，为了消除一周下来的劳累，她到香榭丽舍大街去兜个圈子。她看见一个女人带着孩子在散步，突然，她发现，这是福雷斯蒂埃太太。她还是那么年轻，还是那么漂亮，还是那么迷人。卢瓦泽尔太太心里非常激动，去不去和她谈谈呢？去，当然要去。既然她现在已经把债务还清了，她要把一切都告诉她，为什么不告诉她呢？

她走上前去。

"你好，让娜。"

对方一点也认不出她来，这个平民人家的妇女用这么亲昵的称呼叫她，使她怔住了。她结结巴巴地说：

"可是……太太！……我不知道……您大概认错人了吧？"

"不，没有认错人。我是玛蒂尔德·卢瓦泽尔啊！"

她的朋友惊叫起来：

"哎呀！……我可怜的玛蒂尔德，你变得多厉害啊！……"

"是的，自从上次和你见面之后，我的日子过得很艰难，经历了无数苦难……说起来这都与你有关系！……"

"都和我有关系……怎么回事？"

"你一定记得那次我为了参加部里的晚会，向你借的那串钻石项链吧？"

"记得。那又怎么了？"

"怎么了？我把它丢了。"

"怎么会呢，你不是已经还我了吗？"

"我还给你的是另外一串，和你那串一模一样的。十年来我们一直在偿还这笔钱。你知道，对一无所有的我们来说，这不是一件容易的事。好了，现在总算还清了，了结了。我真是非常高兴。"

福雷斯蒂埃太太站住了。

"你是说你买了一串钻石项链代替我的那串还我了？"

"是啊。你没有发现吧？它们像极了。"

说完她快乐地笑了，那是一种天真而自豪的微笑。

福雷斯蒂埃太太突然非常激动地抓住她朋友的两只手说：

"哎呀！我可怜的玛蒂尔德！……我的那串是假的啊，它最多值五百法郎！……"

**赏析与品读**

小说写女主人公玛蒂尔德一直向往上流社会，可是接到部长舞会的请帖后，却"懊恼"和"发愁"。她在舞会上大获成功，眼看要时来运转，却又丢失项链。花费无数心血终于赔了项链，最后才

### 大作家讲的小故事

得知项链是假的。这些情节看似出人意料，却又合乎情理，这与作者作了一系列铺垫是分不开的。小说开端，作者大段介绍玛蒂尔德向往过上流社会生活的心理，这就为下面描写人物懊恼发愁、遭遇挫折提供了依据。小说还提到女主人公与她的朋友福雷斯蒂埃太太的关系，看来无足轻重，却是下文情节发展的重要因素。女主人公借项链、失项链、赔项链、还债务、发现项链是赝品，都与此有关。

　　作者为主人公设计了一个从逆境到顺境，然后再坠入逆境的曲折经历，使人物的境遇越发显得悲惨，主题因此而更加突出。

# 初雪

● 带着问题读一读,你会收获更多 ●

1. "现在,她快要死了,她心里很明白。可是她感到幸福。"请结合全文思考:明明时日已不长了,可为什么她还觉得幸福?
2. 一个取暖器并不昂贵,可她的丈夫为什么不给她呢?请你试着分析其中的原因。

## 大作家讲的小故事

漫长的克鲁瓦泽特散步大道①在蔚蓝色的海水边像一条圆弧般铺展开去。靠右边那儿,埃斯特雷尔山②伸向远处的大海;它隔断了人们的视线,一个个奇形怪状的尖峭的山峰,在天际构成了一幅瑰丽的南方幻景。

左边是露出海面,覆盖着丛丛枞树的圣玛格丽特岛和圣奥诺拉岛③。

沿着宽阔的海湾,沿着环抱戛纳城的那些巍峨的峰峦,那许许多多白色的别墅仿佛都已经在阳光下进入了梦乡。从远处看去,分布在山坡上下的一座座浅色的房舍,犹如碧毡绿毯上的点点白雪。

离海边最近的那些别墅,它们的栅栏门,朝着被平静的海水日夜冲刷着的宽广的散步大道。天气晴朗,气候温和,这是一个冬天刚过、偶尔才感到一丝凉意的温煦晴和的日子。从花园的围墙上望进去,可以看到一棵棵结满金色果实的橙子树和柠檬树。有几位太太正在沙石大路上款款而行,有的身后跟着几个在滚铁环的孩子,有的在和先生们闲谈。

一位年轻的太太刚刚走出了她的精致的、大门朝着克鲁瓦泽特散步大道的小别墅。她站定了一会儿,瞧瞧在大道上散步的人们,微微一笑,随后迈着疲惫的步伐走到了面对大海的一张空长椅那儿。这二十来步路已经把她累着了,她气喘吁吁地坐下去,脸色苍白得就像个死人一样。她咳嗽频频,这时她把她白皙的手指伸向嘴边,像是要止住这种使她精疲力竭的冲击似的。

---

① 克鲁瓦泽特散步大道:在法国东南部临地中海城市戛纳的海边,风景优美,举世闻名。
② 埃斯特雷尔山:法国阿尔卑斯滨海省和瓦尔省境内的滨海群山,在地中海滨形成许多美丽的岬角。最高点是维内格尔峰,高616米。
③ 圣玛格丽特岛和圣奥诺拉岛:地中海莱兰群岛中的两个主要岛屿,在戛纳附近的海上。

她瞧着阳光明媚、燕子飞翔的天空，瞧着那边奇峰突起的埃斯特雷尔群山，还有近在身边的那么湛蓝、那么平静、那么美丽的大海。

她的脸上又一次漾起了笑意，轻轻地说：

"哦，我是多么幸福啊！"

可是她知道她的日子已经不长，她绝不会看到春天来临了。她知道，一年以后，就在这条散步大道上，就是眼下在她面前走过去的这些人，又会带着他们的比今年长高一些的孩子，怀着那颗始终充满着希望、柔情和幸福的心灵，再次来到这气候宜人的地方呼吸这暖洋洋的空气；而她呢，将横在一具橡木棺材里，连现在还残存着的这一身可怜的皮肉也将化为污泥，只留下一具枯骨包在她选来做裹尸布的绸连衣裙里。

她将弃绝人世，生活中的一切事物将为别人继续存在下去。而对她来说，一切均将结束，永远结束。她将与世长辞。她微笑了，尽力用她患病的肺叶呼吸着花园里的芳香气息。

她陷入了沉思。

她在回忆。

四年以前，她嫁给了一个诺曼底的绅士。那是一个蓄胡子的身强力壮的年轻人，肤色红润，肩背宽阔，天资不高，性格开朗。

家里人是因为财产上的原因把她许配给他的，她却毫不知情。她本来可以很自然地回答一声"不同意"，却点点头说了一声"好"，为的是别违逆了父母的意愿。她是巴黎人，生性活泼快乐，觉得生活非常美好。

她的丈夫把她带到了他在诺曼底的城堡。那是一座很大的石头建筑，四周都是高插云霄的古树。正面有一大片高大的枞树挡住

## 大作家讲的小故事

了视野。右面,通过一个山口可以见到一片光秃秃的、一直绵延到远处一个个农庄的平原。栅栏门外有一条便道,通向三公里外的大路。

啊,她把什么都记起来了:她来到那儿时的情景,在她新居度过的第一天,以及随之而来的孤独生活。

下车后,她看到那座古老的建筑时,笑着说道:

"这副模样可叫人高兴不起来!"

"算了吧,会习惯的,你等着瞧吧。我在这儿可从来没有感到过烦闷。"

这一天,他们是在拥抱中度过的,她没有觉得时间过得太慢。

第二天,他们又重新开始。说真的,整整一星期,他们都相亲相爱,难舍难分。

随后她开始安排她的家庭生活。这件事足足花了一个月时间。日子一天天过去,尽是一些耗人精力的,但又是芝麻绿豆大的小事。她懂得了生活中一些微不足道的小事的价值和重要性,她知道了有人对随着季节变化而上下浮动几分钱的鸡蛋价格也很关心。

那时候是夏天,她到地里去看收割。欢乐的阳光使她的心也活跃起来了。

秋天来了。她的丈夫开始打猎。清晨,他带着他的两条狗——梅多尔和米尔查——出去了,她便一个人留在家里,可是也没有因为亨利不在家而感到伤心。她的确很爱他,可是也并不是非要他待在身边不可。他回家的时候,得到她更多温存的是那两条狗。她每天晚上以慈母般的心情照料它们,没完没了地爱抚它们,还用各种各样、数不清的可爱的名字去呼唤它们,而她也许从来也没有想到要用这些名字去称呼她的丈夫。

他讲给她听的始终是关于他打猎的事情。他说他在哪儿遇到了

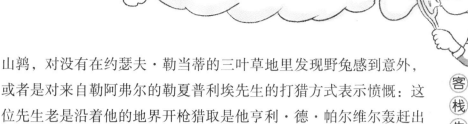

山鹬,对没有在约瑟夫·勒当蒂的三叶草地里发现野兔感到意外,或者是对来自勒阿弗尔的勒夏普利埃先生的打猎方式表示愤慨:这位先生老是沿着他的地界开枪猎取是他亨利·德·帕尔维尔轰赶出来的猎物。

听到这些话,她总是回答说:"是啊,这样做的确不好。"但脑子里却在想着别的事情。

冬天来了,那是寒冷多雨的诺曼底的冬天。下不完的阵雨落在像刀刃般笔挺地直插天空的大屋顶的青石板上。道路就像泥浆滚滚的河流,田野也是一片污泥。除了哗哗的雨声以外没有任何其他声音,除了一大片像乌云般的乌鸦在空中盘旋以外没有任何其他动静,它们降落在一块地里,随后又飞走了。

四点钟光景,一大群黑压压的飞禽飞来栖息在宅邸左面的那些高大的山毛榉上,一面发出刺人鼓膜的聒噪声。在将近一个小时以内,它们从这棵树梢飞到那棵树梢。它们好像在打架,呱呱直叫,在灰蒙蒙的树枝间闹成黑糊糊的一片。

她每天傍晚都怅然若失地望着这些乌鸦,心中充满着黑夜降临在这块孤寂的土地上时带来的忧伤和凄凉。

随后她打铃叫人把灯送来,她靠近炉火,烧几块木柴,可是难以使这些潮湿的大房间暖和起来。她整天都感到冷,不论在什么地方,在客厅,在餐厅,在她的卧房里,都感到冷,她好像冷到骨髓里面去了。

她的丈夫总是要到吃晚饭时才回来,因为他总是不停地打猎,或者就是在播种、耕田以及干其他各种农活。

他回家时总是浑身泥浆,可是又是那么喜笑颜开。他经常搓着手嚷道:

"这该死的天气!"

## 大作家讲的小故事

或者说：

"这火真好！"

有时候他会问道：

"今天怎么样？您高兴吗？"

他很幸福，身体很好，没有奢望。除了这种简单、安适、平静的生活以外，他没有任何其他梦想。

十二月将近，开始下雪，她对这座城堡里的彻骨寒气实在难以忍受。这座古老的城堡，犹如人越老越怕冷一样，经过几个世纪时光的流逝，已经冻成了一个冰窟窿了。所以有一天晚上，她对丈夫说：

"嗯，亨利，你是不是叫人在这儿安一个取暖器①？可以把墙壁烤烤干。我实话告诉你，我从早到晚没有觉得暖和过。"

听到要在他的宅邸里安一个取暖器的荒谬的想法，他起先一下子愣住了。如果说要在华贵的餐具里喂他的狗，他听起来似乎觉得还更合情理一些呢。随后他一阵狂笑，一面一遍又一遍地说：

"在这儿安一个取暖器！在这儿安一个取暖器！啊！啊！啊！多有趣的玩笑啊！"

她坚持说：

"我向你保证，我真要冻死了，我的朋友。你是不会感到冷的，因为你一直在活动，可是我要冻死了。"

他还是笑呵呵地回答说：

"算了吧！你会习惯的。再说，这对健康也有好处。你的身体冻冻只会更好。该死的，我们又不是巴黎人，要靠木柴才能活下

---

① 取暖器：当时的取暖器还是我们今天使用的暖气设备的鼻祖，使用的人很少，不过在1875年至1885年间，在法国到处都可以看到宣传法国取暖器如何清洁卫生、可以使用各种燃料的广告。

去。而且春天也近在眼前了嘛。"

正月初前后，突然祸从天降，她的父母在一次车祸中双双死去。她去巴黎参加了葬礼。整整半年时间，她几乎总是闷闷不乐，黯然神伤。

使人舒心快意的晴朗天气终于使她苏醒了，她没精打采地好歹拖到秋天。

当寒冷的冬天即将来到的时候，她第一次考虑起了她那令人丧气的前途，她将怎么办呢？毫无办法。她今后会遇到什么事呢？一无所知。还有什么期待和希望可以使她那颗心重新活跃起来呢？绝对没有。一位替她看过病的医生已经说过，她是永远不会生孩子的。

这一年的冬天比上一年更冷、更凛冽，使她无时无刻不在忍受这天寒地冻之苦。她把哆哆嗦嗦的双手伸向熊熊烈火，炽烈的火焰灼烤着她的脸庞，可是寒冷的气息仿佛已经透过她的衣服和皮肉，钻进了她的背心。她从头到脚都在哆嗦。一阵阵的寒风似乎常驻在这些房间里，那是些像仇人般凶狠的、活生生的、阴险的气息。她时时刻刻都会遇到这些气息。这些气息不时地把它们冰冷凶险的仇恨向她吹来，有时吹在她的脸上，有时吹在她的手上，有时吹进她的脖子。

她又一次提起了取暖器的事情，可是她丈夫听她讲这些话时的神情就像她是在要天上的月亮似的。要在帕尔维尔这个地方安装取暖器，对他来说就像要找到点金石那样不可能。

一天，他有事去鲁昂，回来时给他妻子带回来一只铜质小脚炉，他笑着说这是一个"便携式取暖器"。他认为有了这个小取暖器，她以后永远也不会感到冷了。

## 大作家讲的小故事

十二月底前后，她懂得她不能永远这样生活下去。因此有一天吃晚饭的时候，她怯生生地问道：

"嗯，我的朋友，我们是不是能在开春之前到巴黎去过上一两个星期？"

他吃了一惊。

"到巴黎去？到巴黎去？可是到巴黎去干什么呢？啊，不行，瞧你说的！我们在自己家里不是很好吗？你有时候的想法真是太滑稽！"

她结结巴巴地说：

"这样可以使我们稍许散散心。"

他没有听懂她的话。

"你要怎么样才能散心呢？上戏院？参加晚会？到城里吃晚饭？可是你在来到这儿时就很清楚，这样的娱乐你是不会有的！"

她从丈夫这些话和口气中听出了责备的意思，便不再说下去了。她既胆小又温柔，没有反抗精神，也缺乏坚强的意志。

一月份，强烈的冷空气袭来；接着，白雪又铺盖了大地。

一天傍晚，她看着一大群乌鸦在大树周围盘旋，突然不由自主地哭了起来。

她丈夫正走进房间，他奇怪地问道：

"你究竟怎么啦？"

他是幸福的，而且非常幸福，他从来也未曾梦想过别的生活、别的乐趣。他出生在这个蹩脚的地方，他在这儿长大成人。他觉得在这儿，在他自己的家里，身心愉快，样样都好。

他不懂得人们对平静的生活会不满意，渴望有经常变化的娱乐；他完全不能理解，对某些人来说，一年四季老待在一个地方是多么不近人情；他似乎并不知道，对很多人来说，春夏秋冬在各个

地区有各不相同的乐趣。

因此她对他的问题无从回答，急忙擦擦眼睛，最后她不知所措地吞吞吐吐地说：

"我……我……我有点儿忧伤……有点儿无聊……"

可是她刚说出口又感到了害怕，她马上又接着说：

"而且……我……我有点儿冷。"

一听到这句话，他便发火了。

"啊，是啊！……总是想到你的取暖器。可是，喂，该死的！可是自从你来到这儿以后，你一次也没有感冒过啊！"

夜幕降临，她上楼回到自己的房间：因为她曾经坚决要求一个单独的房间。她躺到床上。即使睡在床上，她也感到冷。她心里在想：

"以后永远是这个样子了，一直到死都不会有变化了。"

这时候她想到了她的丈夫，他怎么能对她讲这样的话呢：

"自从你来到这儿以后，你一次也没有感冒过啊！"

那么要他懂得她在遭罪，她就非得生病、咳嗽不可啰！

她突然一下子怒气冲天，那是一种被激怒了的懦弱和胆怯的人的怒气。

她一定得咳嗽。那么他也许便会同情她，好吧，她会咳嗽的，他会听到她咳嗽的，那就得把医生请来，他——她的丈夫会看到的，他会看到的！

她光着腿脚下了床，一个孩子气的想法使她微笑起来了：

"我要取暖器，我会得到的。我将大咳特咳，咳得他不得不下决心装一个。"

她几乎赤身裸体地坐在一把椅子上。她就这样坐了一个小时，

## 大作家讲的小故事

两个小时。她冻得浑身都在打战,可就是没有感冒。于是她下决心采取一个极端措施。

她悄悄地走出了自己的房间,走下楼梯,打开了花园门。

大地覆盖着白雪,就像死了一般。她突然伸出她的光脚,踩进了这疏松而冰冷的雪地里。一种寒冷的空气就像伤口引起的疼痛一样直刺她的心头,于是她又伸出另一条腿,开始慢慢地往台阶下走去。

接着她又穿过草地,心里在想:"我要一直走到枞树那儿。"

她气喘吁吁地跨着小步走着;每当她把光脚踩进雪里去时,她几乎连气也透不过来了。

她的手摸了摸第一棵遇到的枞树,仿佛是为了向自己证实,她已经彻底完成了她的计划,随后她再走回来。她有两三次觉得自己快要倒下了,她感到已经完全冻僵,再也支持不住了。可是在回屋之前,她还是在雪地里坐了下来,甚至还捞起一把雪擦了擦胸。

随后她回到屋里躺下。一个小时以后,她好像感到喉咙里有一大群蚂蚁在上下折腾,另外有些蚂蚁在她的胳膊和腿上爬。不过,她还是睡着了。

第二天她咳嗽了,她起不来了。

她得了肺炎。她说胡话,在胡话中她说要安一个取暖器。医生也叮嘱一定得安一个。亨利总算让步了,心里却非常恼火。

她的病难以治愈了。她的肺严重损伤,恐怕性命也难保了。

"如果她仍旧待在这儿,她是过不了冬天的。"医生说道。

她被送到了南方。

她来到了戛纳,见到了阳光,爱上了大海,呼吸到了橙子树的花香。

春天到来以后她又回到了北方。

可是从此以后她对治愈她的病感到非常害怕,她怕诺曼底漫长的寒冬。因此一旦她感到身体有所好转,她便在半夜里打开窗子,思念着那美丽的地中海海滨。

现在,她快要死了,她心里很明白。可是她感到幸福。

她打开一份她还没有看过的报纸,看到一个标题:《巴黎初雪》。

这时候她打了一个寒战,随后露出一丝微笑。她望望对面在落日的辉映下变成了粉红色的埃斯特雷尔山;她又瞧瞧碧青碧青的宽广的天空和蔚蓝蔚蓝的浩瀚大海。她站起身来。

接着她又慢慢地往回走去,只是在咳嗽时才停住步子,因为她在户外待得太晚,她受凉了,稍许受了些凉。

她看到一封她丈夫寄来的信。她始终在微笑,她打开信,念道:

亲爱的朋友:

我希望你身体很好,希望你对我们美丽的家乡不要过于厌恶。最近几天这里天气奇寒,不久就要下雪了。我呢,我倒是非常喜欢这种天气,所以你一定知道,我是绝不会替你那该死的取暖器生火的……

她不再念下去了,想到她终于得到了她的取暖器,觉得非常幸福。她那拿着信的右手慢慢地垂到膝盖上,而她的左手却举到了嘴边,像是想止住那要撕裂她肺脏的一阵阵袭来的猛咳。

## 大作家讲的小故事

### 赏析与品读

　　这篇小说以优美的景物描写开头。"一个个奇形怪状的尖峭的山峰，在天际构成了一幅瑰丽的南方幻景……沿着宽阔的海湾，沿着环抱戛纳城的那些巍峨的峰峦，那许许多多白色的别墅仿佛都已经在阳光下进入了梦乡。从远处看去，分布在山坡上下的一座座浅色的房舍，犹如碧毡绿毯上的点点白雪。"一个青年女子的恋情、境遇，开始时很美好，但却由于对方的冷漠而枯萎了。一个标准绅士式的丈夫，由于带给她的不是温情，女主人公一切的美好幻想在日常生活间，片片破碎了，彬彬有礼而又相拒于天涯，貌似宽容却又不能容忍偶尔一次的任性。

　　一个取暖器，在有着华丽外表的生活中酿成一场莫名的悲剧。女主人公衣食无忧却得不到自己想要的幸福。一个相对平淡的故事，却仿佛在不经意间道破悲剧的来源：温情的缺失终将扼杀源自本真的快乐。

# 雨伞

## ——献给卡米耶·乌迪诺

● 带着问题读一读，你会收获更多 ●

1. 文中的奥雷依太太是个怎样的人？请简要回答，并阐述理由。
2. 请用几个恰当的词语概括奥雷依太太进保险公司之前和从保险公司出来时不同的心情。

## 大作家讲的小故事

奥雷依太太是个节俭的妇人。她知道一个铜子的价值，为了积攒钱财，她有一大堆严格的原则。她的女仆想从菜篮子上揩点油，当然是相当困难的；即使她的丈夫奥雷依先生要些零花钱，也不是什么轻而易举的事情。其实他们家境很好，又没有孩子，不过奥雷依太太看到白花花的小银币从她家里流出去，就会感到一种实实在在的痛苦，就像心被撕碎了一样。每当她不得已要付出一笔数目较大的款项时，尽管这笔开销绝不可省，她那天晚上肯定睡不香。

奥雷依经常对他妻子说：

"你应该稍许大方一些，我们从来也没有动用过我们的老本啊。"

她总是回答说：

"谁也不知道将来会发生什么事，钱多总比钱少好。"

她是一个四十岁的小个子女人，爱活动，爱干净，脸上已经有了皱纹，时常要生气。

她丈夫经常抱怨由于她的节俭而造成的缺这少那，其中有些东西的匮乏尤其使他难受，因为那是有损他的自尊心的。

他是陆军部里的主任科员，之所以还在干下去，只不过是为了服从妻子的命令，为的是增加家里从不动用的年金收入。

两年以来，他总是带着他那把打满补丁的雨伞去上班，引来同事们的讪笑。他终于忍受不了这些冷嘲热讽，坚决要求他妻子给他买一把新伞。她花了八个半法郎替他买了一把，那是一家大百货商店用来做广告的。同事们看到这件在巴黎有成千上万的廉价品，又是一片挖苦奚落，使奥雷依痛苦万分。这把雨伞的质量实在太差，用了三个月就成了废物，大家都把这件事当做笑料。有人还就此编了一首歌，从早到晚在大楼里上上下下都有人在唱。

奥雷依简直气疯了，一定要他妻子替他选购一把价值二十法郎

的薄绸面子的新伞给他,并且要她把发票带回来作证。

她买了一把十八法郎的雨伞,在交给她的丈夫时,脸气得通红地说道:

"这把伞你至少要用五年。"

奥雷依胜利了,在办公室里真正地挽回了脸面。

傍晚回家时,他妻子不放心地望了一眼雨伞说道:

"你不该老是用橡皮筋紧套着,这样会把绸面弄破的。你要好好爱护,因为我是不会动不动就替你买伞的。"

她拿过伞来,取下橡皮筋,把那些折痕抖了抖。突然,她惊呆了,她发现在伞的中间有一个像铜子大小的窟窿,那是被雪茄烟烧的。

她结结巴巴地说:

"这是怎么了?"

她丈夫头也不回,平静地回答:

"谁怎么了?什么怎么了?你说什么?"

这时候,怒火已经堵住了她的嗓子,她连话也说不出来:

"你……你……你烧焦了……你的……你的雨伞。你……你……你是疯了吗?……你是想让我们倾家荡产吗?"

他觉得自己脸色也变了,回过头来说:

"你说什么?"

"我说你烧焦了你的雨伞,瞧!……"

她像是要打他似的冲到他的前面,把那个烧破了的小窟窿伸到他的鼻子底下。

面对这个小窟窿,他不知所措,只是吞吞吐吐地说:

"这……这……这是怎么回事?我,我不知道!我可以发誓,我什么也没有做过,我什么也没有做过。我,我不知道这把雨伞是

## 大作家讲的小故事

怎么回事！"

这时她大声嚷了起来：

"我敢打赌，你一定在办公室里拿着它玩，耍把戏，你一定撑开让别人看过。"

他回答说：

"我只撑开过一次，让他们看看有多漂亮。就是这样，我向你发誓。"

可是她气得直跺脚，和他大吵起来；这种夫妻间的争吵，对一个喜欢过太平日子的男子来说，简直比枪林弹雨的战场还可怕。

她从一把颜色不一样的旧雨伞上剪下一块绸子，补在窟窿上面。第二天，奥雷依低声下气地拿着这把补过的雨伞出门了。到了小公室，他把雨伞搁在柜子里，就像一个不愉快的回忆一样，不再去想它了。

可是，傍晚时刚一回家，他的妻子便从他手里把雨伞抓过去检查，却发现雨伞已经损坏得不可收拾，她惊呆了。雨伞上密密麻麻的全是小窟窿，很明显是被火烧的，好像是有人把烟斗里没有熄灭的烟灰全都倒在上面了。雨伞完蛋了，没法挽救了。

她一声不吭地看着，气得一句话也说不出。他也一样，眼睛注视着破伞，呆若木鸡；他吓破了胆，不知如何是好。

随后他们两人相互注视着；接着他低下脑袋，她把那件破玩意儿扔在他的脸上；在一阵狂怒中她的嗓音恢复了，她高声叫道：

"啊！坏蛋！坏蛋！你是有意这样做的！可是你要付出代价的！你再也不会有雨伞了……"

吵闹又重新开始。经过一个小时的狂风暴雨以后，他终于可以声辩了。他指天誓日地说，他一点也不知道是怎么回事，只能是有人恶作剧或是有意报复。

一阵门铃声救了他;原来是一个朋友到他们家来吃饭。

奥雷依太太把事情讲给他听。说要再买一把伞,那是不可能的,她的丈夫再也别想有雨伞了。

那位朋友跟她讲道理:

"那么,太太,他的衣服不就完了吗?衣服当然更值钱。"

小个子妇人依然怒气冲冲地说:

"那么他可以用厨房里的雨伞,我可不给他买新的绸子伞了。"

一想到要用厨房里的伞,奥雷依生气了,说:

"那我,我就辞职!我决不带着厨房里的伞到部里去上班!"

那位朋友接着说:

"去把伞面换一换,费不了多少钱的。"

奥雷依太太火气又上来了,她喃喃地说:

"换个面子至少也要八个法郎。八法郎加十八法郎,一共是二十六个法郎!为了一把雨伞花二十六个法郎,简直是发疯,是胡闹!"

那位朋友是个贫困的小市民,他有了一个主意:

"让您的保险公司赔好了。烧毁的东西,只要是在您家里损坏的,保险公司是应当赔的。"

听到这个主意,小个子女人一下子平静下来了;思索了一分钟以后,她对丈夫说:

"明天,你到部里去以前,先到玛戴尔内勒保险公司去一趟,要他们检查一下你的伞,并且提出赔偿要求。"

奥雷依先生一听跳了起来,说:

"这种事我一辈子也不敢去干的!只不过是损失十八个法郎嘛。我们也不会因此穷死的。"

## 大作家讲的小故事

第二天,他拿着一根手杖出门了;幸好这天是好天气。

奥雷依太太独自待在家里,心里总是为那十八法郎的损失愤愤不平。雨伞就搁在餐厅的桌子上,她绕着桌子转圈,就是拿不定主意。

她一直在想着保险公司,可是她又不敢去面对保险公司接待处的那些先生们的带有讥讽意味的眼光,因为在公开场合她是很腼腆的,为了一点点小事都会脸红,在不得不与陌生人谈话时,她会感到拘束。

可是十八法郎的损失她实在搁不下,她心痛得就像被刺了一刀似的。她已经不愿意再去想它了,但是这笔损失的回忆却不断地捶打着她,使她感到痛苦。怎么办呢?时光一小时一小时地过去,她还是什么主意也拿不定。可是突然她就像懦夫一下子变成了勇士似的下了决心。

"我一定要去,去了再说。"

不过应该先把雨伞加工一下,使它受到的损伤更严重一些,使她的要求更合理一些。于是她在壁炉台上取下一根火柴,在伞骨之间烧去了巴掌大的一块,然后把破伞仔细卷好,再用橡皮筋箍好,然后披上披肩,戴上帽子,急匆匆地向保险公司所在地里伏利街①走去。

可是她越是走得离公司近,她的脚步却越是慢了。她要去说些什么呢?他们将如何回答她呢?

她看了看门牌号码,还剩二十八个号码。很好!她还可以想想,她越走越慢。忽然,她打了个哆嗦;她走到门口了,门上标着金光闪闪的几个字:"玛戴尔内勒火灾保险公司"。已经到了!她

---

① 里伏利街:巴黎由第一区通到第四区的一条东西向大街,在卢浮宫北面。

停住站了一会儿,心里又是焦虑又是惭愧;她走过去,又走回来,随后又走过去,再走回来。

最后,她对自己说:

"我总得进去啊!早进去总比晚进去好。"

不过,在走进门口时,她觉得自己的心在怦怦地跳。

她走进一间宽阔的大厅,四周有许多窗口,每个窗口里都可以看到一个脑袋,身子被隔板遮住了。

一位捧着一些文件的先生在大厅里经过。她停住脚步,低声下气地问道:

"对不起,先生。请问哪儿是要求赔偿烧毁物件的地方?"

那人的声音很响亮,回答说:

"二楼左边,损失科。"

"损失科"几个字使她听了更心里发憷;她真想什么也不说,牺牲了那十八个法郎,逃走了事。可是一想到这个数目,她的胆子又大了一些;她上楼了,走一步停一步,一面喘着气。

在二楼,她看见有一扇门,就敲了敲。有一个响亮的声音喊道:

"请进!"

她进去了,里面是一个大厅,有三位气宇轩昂的、佩戴着勋章的先生站在那里说话。

其中一位问她:

"您有什么事,太太?"

她想不起怎么说了,只是吞吞吐吐地说:

"我来……我来……是为……为了一笔损失。"

那位先生彬彬有礼地指着一个座位说:

"请坐一会儿,我马上就跟您谈。"

## 大作家讲的小故事

随后他回过头去，跟那两位先生继续谈话。

"两位先生，敝公司认为对两位应负的责任不能超过四十万法郎，你们要我们多付十万法郎的要求，我们很难接受。而且根据估价……"

那两位中有一位打断了他的话，说道：

"不必再说了，先生；让法院来决定吧。我们现在只能告辞了。"

他们恭恭敬敬地行了几个礼出去了。

啊！如果她胆敢和他们一起走，她一定也跟着走了；她会放弃一切，一走了之！可是她能这样做吗？那位先生送客回来，鞠躬问道：

"太太，有什么事可以为您效劳？"

她支支吾吾地回答：

"我来是为了……为了这件东西。"

那位经理用一种疑惑的诧异神态，低头望着她递给他看的那件东西。

她试着用发抖的手捋下橡皮筋，她费了很大劲才达到目的，随后一下子撑开了那把只剩下破残面子的雨伞的骨头架子。

经理用同情的语气说：

"看来损坏很严重。"

她有些迟疑地说：

"它花了我二十法郎。"

经理吃惊地说：

"是吗？有这么贵吗？"①

---

① 在1882年底，一把"包不褪色的英国哔叽"的雨伞价值不到七法郎。

"是的，当初是很好的，现在我想请您检查一下它的情况。"

"很好，我看清楚了，很好。但我不知道这东西跟我有什么关系。"

她有点担心了，也许这家公司对小东西是不赔偿的。她于是说：

"不过……它是被烧坏的。"

经理并不否认：

"我看得很清楚。"

她张口结舌，不知再怎么说下去了；随后，她忽然明白了自己忘了说明来意，于是赶紧说道：

"我是奥雷依太太，我们在玛戴尔内勒火灾保险公司保过险的，现在我是为了要求赔偿损失来的。"

她怕遭到断然拒绝，急忙又加了一句：

"我只要求你们换一个伞面。"

经理有些为难，说道：

"可是……太太，我们不是卖雨伞的商店。我们不能承担修理的业务。"

这个小个子妇人觉得胆子又大了起来；一定要进行斗争，那就斗争吧！她不再害怕了，说：

"我只要求修理费，我会找人去修理的。"

经理先生似乎有点尴尬，他说：

"真的，太太，钱是很少的；可是这样微不足道的损失，别人是从来不要求我们赔偿的。请想想吧，像手帕、手套、扫帚、旧鞋子等等小物件，每天都有被烧掉的，我们是不能赔偿的。"

她的脸红了，觉得怒气又上来了。

"先生，可是去年十二月，我们家的烟囱失了火，至少造成我

### 大作家讲的小故事

们五百法郎的损失；奥雷依先生并没有要求公司作任何赔偿，因此今天公司赔偿我的雨伞也是应该的。"

经理猜到她是在说谎，便微笑着说：

"奥雷依先生损失了五百法郎没有要求赔偿，而现在却来要求赔偿五六个法郎的修理费，您大概也会承认这是很奇怪的事情吧。"

她一点也不惊慌地回答：

"请别见怪，先生；五百法郎的损失归奥雷依先生，十八法郎的损失却是要我付款的，这不是一回事。"

经理看出这个妇人很难打发，这样缠下去他这一天就要白白浪费掉，只能做些让步，问道：

"那么，请把事情的经过告诉我，好吗？"

她觉得有希望了，便开始讲述起来：

"是这样的，先生；在我的前厅里，有一个搁手杖和雨伞的铜架子。那一天，我在回家的时候把伞搁在架子上。还应该告诉您一件事，在架子上面，有一块放蜡烛和火柴的小木板。我伸手取了四根火柴，我擦了一根，火柴断了。我再擦一根，着了，但跟着就灭了。再划第三根，还是那样。"

经理插嘴说了一句俏皮话：

"那肯定是政府专卖的火柴①，是吗？"

她不懂对方的意思，继续说道：

"也许是的；我总是要擦到第四根才能擦着；我点上蜡烛，便进房间去睡觉了。可是过了一刻钟，我好像闻到有什么东西烧焦

---

① 从1875年1月18日起，法国的化学火柴的制造和销售均由政府垄断，质量很差。但市面上仍有国内地下制造的火柴和走私进口的外国火柴，质量较好。老百姓都抱怨并且怀念过去用从瑞典进口的火柴的时代。

的味道。我一向害怕着火。如果真要遭到火灾，那也不会是我的错！特别是自从刚才跟您提起过的那次烟囱失火以后，我更是非常小心。所以我立刻起床，走出卧室，到处寻找，像猎狗一样到处嗅着，最后发现是我的雨伞烧着了。很可能是有一根火柴掉在里面了。您看它被烧成什么样子了……"

经理已经决定赔了，问道：

"您估计要赔多少？"

她一下子没有说话，不敢确定数目，然后故作大方地说：

"请您叫人去修吧。我把这件事托付给您了。"

他拒绝了，说：

"不行，太太，这件事我办不了。您要求赔多少，请说吧。"

"可是……我觉得……这样吧，先生，我也不想多要您的钱，我……我们这么办吧。我把伞拿到一家伞店里去，让他们换上一个耐用的、上等的绸面子，以后我拿发票来取款，您看这样行吗？"

"很好，太太，就这样说定了。这是一张给出纳科的付款通知，他们会偿还您的费用的。"

于是他递给奥雷依太太一张卡片，她接了过来，一边道谢一边往外走；她生怕经理改变主意，所以要赶快走出去。

现在她迈着轻松的步伐在街上走着，一边寻找一家她看得中的漂亮的伞店。她找到了一家很气派的伞店，就走了进去，果断地说：

"这把伞要换一个绸面子，要用质量好的绸子。请把你们最好的绸面子换上去。价钱我是不在乎的。"

## 大作家讲的小故事

### 赏析与品读

本篇小说写的是斤斤计较的奥雷依太太好不容易才下狠心给丈夫买了一把新伞,却被丈夫的同事恶作剧,将伞面烧了许多洞,奥雷依太太绞尽脑汁、软磨硬泡,不惜编造各种谎话,终于要求保险公司做了赔偿。作者把奥雷依太太小气和猥琐的性格写得入木三分。

这篇小说的语言是准确、明晰和生动的,没有丝毫晦涩的东西,读者只觉得莫泊桑找到了最恰当的描述方式,而无法用另一种文字和方式来表达。如写到奥雷依太太小气的性格时,作者是这样写的:"不过奥雷依太太看到白花花的小银币从她家里流出去,就会感到一种实实在在的痛苦,就像心被撕碎了一样。每当她不得已要付出一笔数目较大的款项时,尽管这笔开销决不可省,她那天晚上肯定睡不香。" 作者以平易通俗、准确有力、能为所有人接受的文学语言征服了读者。本篇小说还能反映出作者擅长从平凡琐屑的事物中截取富有典型意义的片断,以小见大地概括出生活的真实。

# 绳子

● 带着问题读一读,你会收获更多 ●

1. 丢失的钱包被送回给主人了,可为什么奥什科纳还是不被人相信呢?
2. 这个以法国农村为背景的恶语中伤引发悲剧的故事让你想到了什么道理?

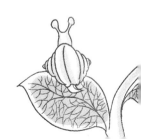

## 大作家讲的小故事

在戈代维尔①四周的所有大路上，都有农民和他们的妻子朝这个镇子走来，因为这一天是赶集的日子。男的迈着平静的步子走着，长长的罗圈腿每走一步，整个上身就往前俯一下。他们的腿之所以会变形，是因为艰苦的劳动：压下犁头时左肩要耸起，同时身子要歪着；割麦时为了要保持平衡，双膝要分开；还有那些既冗长而又劳累的田间劳作。他们的蓝布罩衫浆得很硬，亮闪闪的，像是上了一道清漆，领口和袖口都用白线绣着花纹；这件罩衫在他们瘦骨嶙峋的上半身上鼓得圆圆的，就像一个就要飞上天的气球，只露出了一个脑袋、两条胳膊和两条腿。

几个男人用一根绳索牵着一头母牛或一条小牛；他们的妻子跟随在牲口后面，用一根还留着叶子的树枝抽打着它们，催它们快走。她们的胳膊上都挎着一些伸出鸡鸭脑袋的大篮子。她们走路时的步子要比她们的男人短小而急促，干瘦的身子挺得直直的，裹在一块用别针系在平坦的胸部上的窄小的围巾里；紧贴着头发包了一块白布，上面还戴着一顶软便帽。

接着又有一辆带长凳的大车驶过，拉车的一匹小马一跳一跳小跑着，颠得两个并排坐着的男人和一个坐在车后面长凳上的女人东倒西歪；那个女人为了减轻剧烈的颠簸，紧紧地抓住大车的边缘。

戈代维尔的广场上挤满了乱哄哄的人和牲口。牛的犄角，富裕农民的长毛绒高筒帽和女人的头巾在人群顶上浮动。各种尖锐刺耳的叫声形成一片此起彼伏的粗野喧闹，喧闹中，偶尔可以听见一个快活的庄稼汉从健壮的胸膛里发出的轰然大笑，或者是系在墙脚下的一条母牛发出的长哞。

这儿的一切都带着牛栏、牛奶、干草和汗水的气味，散发出人

---

① 戈代维尔：法国塞纳滨海省的一个大镇，距费康十三千米，距埃特尔塔十六千米。

畜混杂，特别是种田人身上冒出来的那种非常难闻的酸臭味儿。

布雷奥戴①的奥什科纳老爹一来到戈代维尔镇就朝广场走去，忽然他看到地上有一段绳子。作为一个真正的诺曼底人，奥什科纳老爹十分节俭，认为凡是有用的东西都应该捡起来。于是他吃力地弯下身子，因为他有点风湿症。他捡起了地上那段绳子，正准备仔细地把它绕起来，却看到马具皮件商玛朗丹老板正站在店门口望着他。从前，他们俩曾经为一副马笼头吵过一场，两个人都是记恨的人，至今还相互敌视。奥什科纳老爹让仇人看见自己在烂泥里捡一段细绳子，心中不免觉得惭愧。于是他立即把他捡到的东西藏进他的罩衫下面，接着又放进裤子口袋里；接着他又装作在地上寻觅什么东西，当然什么也没有找到，接着他便弯着酸痛的腰，伸着脑袋，朝市场走去。

他很快便混进那个人声嘈杂、行动迟缓的人群，那个因无休止的讨价还价而乱哄哄的人群。乡下人抚摸着母牛，疑惑不定地走去又回来，生怕上当，永远拿不定主意，窥探着卖主的眼神，一心想识破他们的花招，挑出牲口的毛病。

女人把她们的大篮子放在脚边，从篮子里把带来的鸡取出来放在地上；那些鸡的脚被缚着，眼神惊慌，冠子通红。

她们听着顾客们还的价钱，神色冷淡地坚持她们要的原价；或者突然同意了对方还的价钱，向那个正在慢慢走开的顾客喊道：

"就这样吧，昂蒂姆大爷，我卖给您。"

后来，广场上的人逐渐稀少，教堂里敲响了正午的钟声，家离这儿太远的人都分散到各家客店里去了。

茹尔丹客店的大厅里挤满了吃饭的人；宽阔的院子里也停满了

---

① 布雷奥戴：戈代维尔南面三千米处的村庄。

## 大作家讲的小故事

各种车辆，有双轮送货马车，有带篷的双轮轻便马车，有带长凳的载人马车，有轻便双轮马车；还有一些叫不出名称的大车，全都沾了黄泥，变了形，走了样，东贴西补，有的两条车辕像胳膊似的朝天举着，有的车首挨地，车尾朝天。

大厅里那座火光熊熊的壁炉，紧靠着那些已经入座的顾客，把坐在右边的那排客人的背脊烤得暖烘烘的。三根烤肉铁扦在火上转动，每根铁扦上都叉满了小鸡、鸽子和羊腿；烤肉的香味和烤黄了的肉皮上流着的肉汁的香味，从炉膛里散发出来，使大家心情愉快，馋涎欲滴。

所有庄稼人中的显要人士都在茹尔丹老板的客店里吃饭，茹尔丹老板又开客店又做马贩子，是个狡猾的有钱人。

菜一盘盘端上来，一盘盘吃光，就像黄色的苹果酒被一罐罐喝光一样。每个人都谈着自己的生意，谈买进或者卖出的东西。他们也打听收成的情况，天气对草料不坏，可是对小麦来说有点潮。

忽然，院子里响起了一阵鼓声，除了几个对任何事都漠不关心的人以外，大家都立刻站起来，嘴里还含着食物，手里拿着餐巾，向门口或者窗口跑去。

公告宣读人敲鼓结束以后，开始结结巴巴、断断续续地念了起来：

"戈代维尔的居民们，以及所有……来市场上赶集的人，请注意：今天早上九十点钟，有人在伯兹维尔的大路上，丢失了一只黑色皮夹子，里面有五百法郎和一些商业往来的单据。如有人捡到，请立即送交镇……镇政府，或者玛纳维尔①的福蒂内·乌尔布雷格老板家。有二十法郎的酬金。"

---

① 玛纳维尔：在布雷奥戴西边，相距四千米半。

念完，这个人就走了。过了一会儿，从远处还传来过一次隐隐约约的鼓声和击鼓人微弱的喊叫声。

这时大家开始议论这事，推测乌尔布雷格先生有没有找回皮夹子的运气。

午餐吃完了。

快要喝完咖啡的时候，门口出现了宪兵班长。

他问道：

"布雷奥戴村的奥什科纳老板在这儿吗？"

坐在桌子另一端的奥什科纳老板应道：

"我在这儿。"

班长接着说：

"奥什科纳老板，请您跟我到镇政府去一次，镇长要跟您谈话。"

这个乡下人大吃一惊，很不安，他一口就喝完了他小酒杯中的酒，站起身来；他的腰弯得比早上更加低，因为每次休息后的开始几步总是特别困难。他开始走了，一边重复着说：

"我在这儿，我在这儿。"

镇长坐在一把扶手椅里等他。镇长也是当地的公证人，身体肥胖，神态严肃，说起话来有些夸张。

"奥什科纳先生，"他说，"有人看见您今天早上，在伯兹维尔的大路上，捡到了玛纳维尔的福蒂内·乌尔布雷格先生的皮夹子。"

这个乡下人瞠目结舌地望着镇长，这个莫名其妙落在他头上的嫌疑把他吓蒙了。

"我，我，我捡到了这只皮夹子？"

"是的，就是您。"

"我以名誉担保，我连看也没有看见过……"

## 大作家讲的小故事

"有人看见您捡的。"

"有人看见我捡的,是谁看见的?"

"马具皮件商玛朗丹先生。"

这时候,老头儿想起来了,知道是怎么一回事了,气得满脸通红,说:

"啊!是他看见我捡的,这个坏东西!他看到我捡的是这段绳子,您瞧,镇长先生。"

他一边说一边在口袋里摸索,取出了那一小段绳子。

可是镇长不相信,摇摇头说:

"奥什科纳先生,玛朗丹先生是个值得信赖的人,您不能使我相信他会把这段绳子看做一只皮夹子。"

这个乡下人怒不可遏,举起手,向旁边吐了一口唾沫,证明他的清白,一边重复着说:

"可是这是上帝看见的事情,千真万确,镇长先生。在这件事情上,我可以用我的灵魂和我灵魂的得救再起一遍誓。"

镇长接着说:

"在您把东西捡起来以后,您甚至还在烂泥里找了很长时间,看看还有没有从皮夹子里掉出来的零钱。"

老头儿这时又气又怕,简直喘不过气来了。

"怎么能这么说!……怎么能这么说……用这样的谎话来污蔑一个老实人!怎么能这么说……"

不管他如何辩白,人家就是不相信。

后来让他和玛朗丹先生对质。玛朗丹先生把他的证词重复了一遍,并坚持他的说法。他们相互对骂了一个小时。根据奥什科纳先生自己的要求,在他身上搜了一遍,可是什么也没有找到。

最后，镇长也觉得这件事很难办，只能放他走；同时通知他，这件事要去告诉检察官，请示解决办法。

新闻已经传播出去了。老头儿一走出镇政府便被人围起来问长问短；有的人纯粹出于好奇，有的则带有嘲弄的意味，可是没有一个人为他鸣不平。他把那段绳子的故事讲了一遍，可是没有一个人相信，大家都笑起来了。

他走了，一路上被很多人留住，他也留住他认识的人；他一遍又一遍地讲他的故事，提他的抗议，并且把口袋翻过来给人看，证明他什么也没有。

那些人对他说："老滑头，算了吧！"

他生气了，发火了，因为没有人相信他而变得激动、伤心，可是又不知道该怎么办，只能不停地叙述自己的故事。

天色黑了，该回家了。他跟三个邻居一起走，他把捡到绳子的地方指给他们看；一路上他不停地谈着这次遭遇。

晚上，他在布雷奥戴村走了一圈，把他这件事告诉了所有的人，可是没有一个人相信他。

他心里难受得一夜没有入睡。

第二天，午后一点钟光景，伊莫维尔①的庄稼人，布雷东老板的农庄里的长工玛里于斯·波梅尔，把那只皮夹子连同里面装的钱物一起送还了玛纳维尔的乌尔布雷格老板。

这个长工说，他确实是在大路上捡到这件东西的，因为他不识字，就拿回去交给了他的东家。

这个新闻在附近各处传遍了，奥什科纳老头也听说了。他马上到各处转悠，把他那个已经有了结局的故事讲给大家听。他胜

---

① 伊莫维尔：戈代维尔镇东南方的小村庄，相距三千米。全称为格兰维尔-伊莫维尔，本书作者的弟弟就出生在这个村里。

## 大作家讲的小故事

利了。

"使我感到伤心的，"他说，"倒不是这件事本身，您明白吗？而是那些谎言。再也没有比谎言更损害人的了。"

他一整天都在谈着他这件事情，他在大路上讲给来往的行人听，他在酒店里讲给喝酒的人听；到了星期日，他还去教堂门口讲给别人听；他还拦住不认识的人讲给他们听。现在，他已经平静下来了，不过总还有些什么东西使他感到不太自在，但又不知道究竟是什么。听他讲故事的人，脸上总是带着开玩笑的神色，好像他们还是不太相信。他觉得背后有人议论他。

下一个星期二，只是为了把这件事说说明白，他又到戈代维尔赶集去了。

玛朗丹站在他的店门口，看见他经过便笑了起来。这是为什么呢？

他遇到克里克托①的一个农庄主，便上前攀谈，可是那个人不等他说完，便在他肚子上拍了一下，冲着他的脸喊道："老滑头，算了吧！"然后转身走了。

奥什科纳老头一下子愣了，心中越来越不安。为什么别人叫他"老滑头"？

到了茹尔丹客店，在餐桌边落座以后，他又开始解释这件事了。

有一个从蒙蒂维利埃②来的马贩子对他大声喊道：

"行了！行了！你这只老狐狸，你那根绳子，我早就知道了！"

奥什科纳结结巴巴地说：

"那只皮夹子，不是已经找到了吗？"

对方接着说：

"别说了吧，我的老大爷；一个人找到，另外一个人送回去。

---

① 克里克托，全名克里克托-勒纳瓦尔，戈代维尔西边的村镇，相距四千米半。
② 蒙蒂维利埃：与戈代维尔相距十六千米的一个大镇，在通往勒阿弗尔的大路上，相距十千米。

真是神不知，鬼不觉啊！"

　　这一次乡下人气得连话也说不出来。他终于明白了：大家在指责他在事后支使一个伙伴、一个同谋者，送回了那只皮夹子。

　　他想辩白；所有的食客都笑了起来。

　　他没法吃完他那顿饭，在一片嘲笑中走出客店。

　　他羞愤交加地回到家里，怒气和羞愧卡住了他的脖子；尤其使他感到苦恼的是，仗着他诺曼底人的狡猾，他是做得出现在人家诬赖他做的这件事的，甚至还会自鸣得意，夸耀自己手段高明。他模糊地感到他的清白看来无法证明了，因为他的狡猾尽人皆知。他觉得他的心受到了不白之冤的狠狠打击。

　　于是他又开始叙述这次遭遇，每次都要把这个故事加长一些，每次都要增加一些新的理由，一些更加有力的抗辩，一些在他独自一人时准备好的更加庄严的誓言，因为他的脑子里完全被这根绳子的故事占据了。可是他的辩解越是复杂，他的理由越是充分，大家越是不相信他。

　　人家在他背后说："这些理由都是编出来的。"

　　这一切他都感觉得到；他忧心忡忡，白白地耗费精力，做无效的努力。

　　他眼看着日益憔悴下去。

　　那些喜欢开玩笑的人，倒反过来要求他讲绳子的故事让他们高兴高兴，就像人们要士兵讲打仗一样。他的精神在如此严重的打击下，彻底垮掉了。

　　到了十二月底，他卧床不起了。

　　他在正月初死了，临终说胡话时还在证明自己的清白，不住地重复着说：

　　"一段细绳子……一段细绳子……瞧，就在这儿，镇长先生。"

## 大作家讲的小故事

### 赏析与品读

　　这篇小说描述的是奥什科纳老爹在戈代维尔这一小镇的集市上赶集。他看见地上有一根绳子，出于节俭，便想捡回家用，刚巧被他的仇人马具皮件商玛朗丹瞧见了。正好有个商人在集市上丢了一只皮包，玛朗丹便放出谣言说是奥什科纳老爹捡去了。人们都在指责奥什科纳捡到皮包不归还主人，他自己却有口难辩。即使后来真相大白后还有谣言说奥什科纳和捡到皮包的人是同伙。他极力向每个人辩解，结果没有人相信他。最后他为此事闹得精神衰退，死了。

　　这篇小说讲述的是一件小事，但其结局是令人心酸的。在这篇小说中，作者没有制造离奇情节刺激读者的好奇心，而是从现实生活中选取有典型意义的人物、事件和生活片段作为透视点来窥视大千世界，以小见大，由点及面反映普遍的社会真实。一个诚实的乡下人，因受诬陷不能取信于世人以致郁郁而死的不幸遭遇，讽刺了当时只相信尔虞我诈的变态与冷漠的社会心理。

# 月光

● 带着问题读一读，你会收获更多 ●

1. 马里尼昂神父刚听说外甥女有了情人时"又气又急"，但最后却逃走了，"不仅心慌意乱，而且几乎感到羞愧"，为什么？
2. 小说的细节描写对情节发展起了很好的铺垫作用。例如马里尼昂神父刮脸的时候，"他竟然从鼻子到耳朵之间接连刮出了三道口子"，这个细节表现了什么？试着再找出几例细节描写，体会这样写的好处。

## 大作家讲的小故事

马里尼昂神父完全当得起他的这个战斗的名字①。他是个身材瘦长的教士，具有狂热的信仰，心灵始终处在兴奋激动之中，但他为人正直。他信仰的一切都是坚定不移的，从来没有动摇过。他真心实意地认为自己了解天主，能深刻体会天主的目的、愿望和意图。

当他在他那乡间住宅的小径上大踏步散步时，有时心里会冒出一个问题来："为什么天主要这么做呢？"于是他执拗地寻找原因，他设身处地站在天主的位置上去思索，几乎每次总能找到答案。他不会像有些人那样，遇到不能理解的问题时，出于虔诚的谦卑，总是激动地喃喃自语："主啊，你的意图全是不可知的！"他想："我是天主的仆人，我应该了解他一举一动的原因，要是我不了解，我猜也要把它猜出来。"

大自然中的一切现象，在他看来都是按照一种绝对完美、妙不可言的逻辑创造出来的。"为什么"和"因为"始终是成双成对，保持平衡的。曙光是为了使人醒来感到欢乐创造的，白昼是为了使将要收割的庄稼成熟创造的，雨水是为了滋润万物创造的，傍晚是为了准备入睡，黑夜则是为了使人安眠。

四个季节完全适应农业上的各种需要。在马里尼昂神父的头脑里，从来没有产生过"大自然是没有意图的"这种设想。相反，他认为一切有生命的东西都得服从季节、气候和物质的必然性，这种必然性是坚不可摧的。

但他憎恶女人，他是无意识地、出于本能地憎恶蔑视她们。他经常重复基督的那句话："女人啊，在你我之间有什么共同之处？"他还补充说："可以说天主自己对他创造的这个作品也感到

---

① 马里尼昂：意大利村庄马里尼亚诺的法国名称。法国法兰西一世首次出征意大利在马里尼亚诺村附近交战，并取得胜利。

不满意。"在他看来，女人简直就是那位诗人所说的"十二倍不洁的孩子"①。她是引诱第一个男人的魔鬼，并且在一直不断地从事着这一应该罚下地狱的勾当；女人是脆弱的、危险的、神秘的、撩拨人的生物。他不仅憎恶她们那堕落的肉体，而且更憎恶她们多情的心灵。

他常常感觉到她们对他的柔情，尽管他知道自己是攻不破的，但对她们身上这种永远颤动着的如饥似渴的爱情的需要，还是气愤不已。

依照他的看法，天主是为了引诱并考验男人才创造女人的。男人和女人接触的时候必须谨慎小心，严阵以待，并且要像面临陷阱一样战战兢兢。当她们向一个男人伸出双臂、张开嘴唇的时候，不就是个陷阱吗？

他只有对修女们才宽容一些，因为她们许下的誓愿已经使她们不会再伤害人了。但他对她们依旧很严厉，因为他始终觉得，在她们已经被禁锢的谦卑的内心深处，这种永恒存在的柔情依然存在，甚至于还向他流露出来，尽管他是个神父。

他觉得在她们比男修士更加虔诚的湿润的眼光里，在她们夹着性的成分的恍惚入迷的神态里，在她们对基督的狂热的爱慕里，都存在着这种柔情。正是这种柔情使他愤怒，因为这毕竟是女人的爱慕，肉体的爱慕。他甚至在她们驯顺的态度里，她们和他讲话时温柔的语调里，她们低垂的眼帘里，她们受到他严厉责备时委屈的眼泪里，都感觉得出这种可诅咒的柔情。

当他跨出女修道院的一道道门槛时，他总要抖一抖身上的修士服，然后迈着大步走开，好像逃避什么危险似的。

他有一个外甥女，跟着他的母亲一起生活，住在附近的一座小

---

① 这句话是19世纪法国诗人维尼著作中的一个诗句。

## 大作家讲的小故事

房子里,他一心要让她成为一个修女。

她生得漂亮,头脑简单,好嘲笑人。神父讲道时她嘻嘻地笑着;他发脾气时,她就把他抱住狠狠地吻他,而他则不由自主地要挣脱这一使他领略到一种甜蜜的快乐的拥抱,这种拥抱唤醒了他心底沉睡的那种父爱的感情,这种感情本来就是每个男子都天生具有的。

当他和她并肩走在田野小道上的时候,他常常跟她谈论天主,他的天主,而她则心不在焉,很少能听进去;她一会儿看天,一会儿看青草,一会儿看鲜花,眼里流露出生活是多么幸福的感觉。有时候她扑上前去抓住一只飞虫,叫着拿回来:"瞧,舅舅,它多漂亮啊!我真想吻吻它。"这种想"吻一吻"飞虫或者"吻一吻"丁香花骨朵的欲望使神父担心、气恼,并引起他的愤怒,因为他在这里又发现了在女人心里总会滋生的那种无法根除的柔情。

后来有一天,替马里尼昂神父料理家务的圣器室管理人的妻子小心翼翼地告诉他,说他的外甥女有情人了。

当时他正在刮脸,听到这一消息后又气又急,带着满脸的肥皂泡怔在那里,连话都说不出来。

等他恢复过来,能思考、能说话时,他大声叫起来:"这不是真的,您说谎,梅拉妮!"

然而这个乡下女人把手放在胸口说:"神父先生,要是我说谎,让天主惩罚我。我对您说吧,每天晚上,您的姐姐一睡下来,她马上就出去了。他们总在河边会面。您只要在晚上十点到十二点之间去看看就行了。"

他不再刮下巴了,大踏步走了起来——他在严肃思考时总是这样的。当他想重新开始刮脸的时候,他竟然从鼻子到耳朵之间接连刮出了三道口子。

整整一天，他一句话也没有说，憋着满肚子的闷气和怒火。这里面既有他作为神父，面对无法战胜的爱情时所产生的激愤；也有他作为道义上的父亲、监护人、灵魂的导师，被一个孩子欺蒙、哄骗和耍弄所产生的狂怒，也就是父母在女儿既未事先告知他们，也不管他们同意不同意的情况下，就宣布她已经选定了配偶时所产生的那种叫人窒息的心酸和气愤。

晚饭后他试着看一点书，但看不下去。他越想越气。十点钟一到，他就拿起他的手杖——那是一根又结实又坚硬的栎木棍，平时遇到夜间要出去看望病人时，他总拿着它。他微笑着端详了一下这根又大又粗的木棍。用他那乡下人结实的腕力，气势汹汹地挥舞了几圈。然后突然举起来，咬牙切齿地对准一张椅子打下去。顿时椅背裂开倒在地板上。

他打开门准备出去，但一片皎洁的月光使他惊得呆住了。他不由自主地在门口停下来，因为他几乎从未见过如此美好的月色。

由于他具有狂热的灵魂——那些老派神父和那些爱幻想的诗人想必也具有这样的灵魂，他被这如水的夜色的崇高而宁静的美打动了，顿时产生一种心荡神怡的感觉。

在他的小花园里，一切都沉浸在柔和的月光里。一排排果树把它们几乎才换上绿装的细长枝条的阴影投落在小径上；爬在他的住宅墙上的巨大的忍冬吐出带着甜味的醉人的气息，使人觉得在这明净温暖的夜空里，好像有一个芳香的灵魂在飘荡着。

他深深地呼吸起来，就像酒徒喝酒那样贪婪地吸着空气；他慢慢地走着，心中充满了惊奇和喜悦，几乎把他外甥女的事都忘掉了。

他一来到田野，就立刻停下来欣赏沉浸在这种温柔光辉里的整个平原。它被淹没在这宁静夜晚的软绵绵的情意中。癞蛤蟆一刻不

## 大作家讲的小故事

停地发出短促而洪亮的鸣声；远处的夜莺则把它们叫人进入梦幻而不是叫人思考的断断续续的歌声，和它们为了让人们接吻而唱出的清悦颤动的曲调在迷人的月光中混杂在一起。

神父又走起来，也不知道什么原因，他的心软下来了。他觉得自己好像突然衰弱了，而且似乎筋疲力尽，他只是一心想坐下来，待在那里，去欣赏并赞美天主创造出来的作品。

那边，沿着波光粼粼的小河，有一排曲曲折折一眼望不到边的杨树。一片薄薄的、白色的、如烟似雾的水汽悬浮在河岸两侧陡坡的上方和四周。月光穿过它，使它成为银白色，闪闪发光，好像把整个弯弯曲曲的河道包在一层轻薄透明的棉絮里。

神父又一次站住，心灵深处受到一种越来越强烈、使他无法抗拒的感动。

他突然有了一个疑问，一种模模糊糊的不安又闯入他的心头。他觉得平时给自己提出的那些问题又在心中出现了。

天主这样做到底是为了什么呢？既然黑夜是用来让人睡觉，让人无知无觉、忘掉一切地彻底休息的，为什么又使它比白昼更诱人，比黎明和黄昏更温柔呢？为什么这个缓缓移动的迷人的星球比太阳更富有诗意呢？它好像专门是为了悄悄地照亮那些不宜在白昼阳光下出现的极其微妙、极其神秘的东西似的。它把黑暗照得如此通明究竟是为了什么呢？

为什么这个最能歌善唱的鸟儿不像其他鸟儿一样去休息，偏偏要在这使人不安的阴影里练声呢？

为什么要把这朦胧的薄纱投入人间？为什么会心旌如此荡漾，灵魂如此不安，肌体如此慵懒呢？

既然人们已经睡到床上，根本看不到了，为什么还要显示这些诱人的东西呢？这些崇高的美景，这种从天上投向人间的大量诗情

画意究竟是为谁安排的呢?

神父实在理解不了。

但就在那边草场边上,在被闪闪发光的薄雾笼罩的两行大树的拱顶下面,出现了并排走着的两个人影。

那个男的身材比女的高大,他搂着他的女友的脖子,不时地吻吻她的额头。眼前包围着他俩的这一景色,好像是专门为他们设下的神奇美妙的背景;而他们的出现,也顿时使这一静止不动的景色有了生气。他们两个人似乎成为一个人了。这个安详宁静的夜晚正是为这样的人准备的。他们朝着神父缓步走来,就像是他的天主针对他的疑问赐给他的一个答案——一个活生生的答案。

他一直站在那里,心怦怦跳着,惊惶不安;他觉得眼前发生的事就是《圣经》上所载的,就像路得和波阿斯①相爱一样;天主的意志就在眼前,就在这本圣书中提到过的崇高的背景下实现了。《雅歌》②中的那些诗句——那些热情的叫喊,那些肉体的呼唤——在他头脑里嗡嗡作响,他的心中也充满了那篇诗歌里的火辣辣的柔情和诗意。

他想:"说不定天主创造出这样一些夜晚就是为了将人类的爱情完美地遮盖起来的吧?"

他在这一对拥抱着一直向前走来的情侣面前后退了,虽然那个女的是他的外甥女,但是他现在思考的是他是不是会违背天主意志的问题。既然天主明显地用这种光辉夺目的景象去笼罩爱情,难道他会不同意爱情吗?

他逃走了,不仅心慌意乱,而且几乎感到羞愧,好像他闯进了一座他无权进入的殿堂。

---

① 路得和波阿斯:《圣经》故事中的人物。详见《旧约·路得记》。
② 《雅歌》:《旧约》中的一卷,共八章,采用诗歌体裁,表达男女双方热恋的心情。

## 大作家讲的小故事

### 赏析与品读

  《月光》是反对禁欲主义的名篇，描写一个虔诚的神父在皎洁月光下的静谧美好氛围中，由憎恶爱情到理解爱情，"既然天主明显地用这种光辉夺目的景象去笼罩爱情，难道他会不同意爱情吗"？

  马里尼昂神父这个人物形象是非常生动的，开始时他给人的感觉是刻板偏狭，对待信仰虔诚且狂热，但他的为人是正直的，而且内心聪敏，善于思考，遇到不能理解的问题时，"要是我不了解，我猜也要把它猜出来"。在月色的温柔的光辉里，他心灵深处受到"一种越来越强烈、使他无法抗拒的感动"，一连串的"为什么"，既是他的困惑，也是他在深刻地思索，他出于虔诚的信仰发问，也从宗教的理论体系中寻找答案。最终，他理解了，爱情这一美好的事物跟万事万物一样，都是天主奇妙的安排。

  托尔斯泰认为莫泊桑的小说具有"形式的美感"和"鲜明的爱憎"，在这篇小说中，这两点都有完美的呈现。文中对月光的描写堪称经典，为烘托人物性格和推动情节发展起了很好的作用。

# 小酒桶

——献给阿道夫·塔韦尼埃

● 带着问题读一读，你会收获更多 ●

1. 你认为文中"他不时去看望一下那位农场主"和"希科不再到她家里去了"的原因分别是什么？
2. 本文以"小酒桶"为题，好不好，为什么？请简要阐述理由。

## 大作家讲的小故事

希科老板是在埃佩雷维尔①开客店的,他驾着他的双轮轻便马车在玛格洛瓦大妈的农庄门口停了下来。他是一个四十来岁的健壮的汉子,面色通红,大腹便便,当地人都知道他这个人很狡猾。

他把马系在栅栏门的木桩上,接着走进院子。他有一份产业和大妈的地相连,所以他很久以来便看中了她这块地。他曾经试过一二十次想把地买下来,可是玛格洛瓦大妈总是断然拒绝。她说:

"我出生在这块地上,死也要死在这块地上。"

他看见她正坐在门口削土豆。她七十二岁,满脸皱纹,身子干瘪,伛偻着腰,可是像个年轻姑娘似的永远不知道累。希科像个老朋友似的拍了拍她的肩膀,随后在她旁边的一只小凳上坐下。

"喂,大妈,身子骨还是这么好?"

"还不错。您呢,普罗斯佩老板?"

"嗯!嗯!就是有点风湿痛,要不然,我也心满意足了。"

"哦。那太好了!"

她不再说话了,希科看着她干活。她那些钩曲、多节、坚硬得像螃蟹爪的手指,跟钳子一样从篮子里钳起一块浅灰色的土豆,快速地转动着,另一只手拿着一把旧刀子削着,长条的土豆皮贴着刀刃被削下来了。等土豆全变成了黄色时,她把它扔进一个水桶里。三只胆大的母鸡一只跟着一只走过来,一直走到她的裙子底下来啄土豆皮,随后叼着它们的掠夺物飞快地逃走了。

希科好像不大自在,迟疑不决,顾虑重重,话到了嘴边又不想说出来。最后,他下了决心,说:

"喂,玛格洛瓦大妈……"

---

① 埃佩雷维尔:法国塞纳滨海省小镇,在费康和戈代维尔之间。

"您有什么吩咐？"

"这个农庄，您还是不肯卖给我？"

"这件事不行，请您别再指望了。这件事早已讲好了，讲好了，别再提了。"

"现在我找到了一个对双方都有利的办法。"

"什么办法？"

"是这样的。您把地卖给我，但是仍旧由您保管。您听不懂吗？那就仔细听我说清楚吧。"

大妈停止削土豆，抬起她那双藏在她皱巴巴的眼皮下的眼睛，紧紧地盯着客店老板。

他接着说：

"办法是这样的。我每个月给您一百五十个法郎。您听清楚了：每个月，我坐着我的马车给您送来三十枚五法郎一枚的银币。可是其他情况一点也不变，绝对一点不变；您还是住在您的家里，在我这方面，您丝毫也不用操心，您什么也不欠我的。您只管收下我的钱就是了。您觉得这样行吗？"

说完以后，他用一种愉快的神气和蔼可亲地望着她。

老妇人疑心重重地打量他，寻找着这里面有什么圈套。她问道：

"您说的是我这方面，可是您那方面呢？这个农庄，您还是到不了手啊！"

"这您就不必操心了。善良的上帝让您活一天，您就待在这儿一天，这儿是您的家。您只要到公证人那儿去给我立一个小小的字据，写明在您升天以后农庄归我。您没有子女，只有几个您也不太放心上的侄子。这办法您看行吗？在您安享天年时您还是保留着您的产业，而我呢，每个月我给您三十枚五法郎的银币。您这完全

## 大作家讲的小故事

是白赚。"

大妈还是感到奇怪,有顾虑,不过已经有些心动了。她回答说:

"我也不是说不行。不过我还想好好盘算一下。请您下星期再来谈一次,我再把我的想法告诉您。"

希科老板走了;他很高兴,就像一个国王刚刚征服了一个帝国。

玛格洛瓦大妈心事重重,当天晚上她就没有睡着。整整四天她一直在迟疑不决,非常苦恼。她很清楚地感觉到这里面有什么对她不利的地方,可是想到每月有三十枚银币,叮当响的银币会流到她的围腰的口袋里了,而且她什么也不用做,天上便会落下钱来,她又不忍拒绝,这种贪婪的欲望折磨得她非常痛苦。

于是她跑去找公证人,把情况说给他听。他劝她接受希科的提议,不过要求得到五十枚银币,而不是三十枚银币,因为她的农庄至少值六万法郎。

"如果您再活十五年,"公证人说,"按照三十个银币付,他也只付了四万五千法郎。"

大妈听说一个月可以拿到五十枚五法郎的银币,这种远景使她高兴得发抖了;不过她总是不放心,既怕那些层出不穷的意外,又怕暗中设下的陷阱。她在公证人那儿一直待到晚上,提出了种种问题,最后才让公证人准备字据,自己回了家,脑子里昏昏沉沉的,就像喝了四罐子新酿的苹果酒一样。

在希科来听回音时,她故意装作不同意,让他央求了很长时间,可是同时心里又生怕他不肯每个月出五十枚银币。最后,由于他坚决要求,她才把她的想法说了出来。

他失望得一下子跳了起来,一口拒绝。

于是她说服他,讲了很多道理,说明她不可能活得很久。

"我最多再能活上五六年,我现在已经七十三岁了,身体也不好。有一天晚上,我还以为我就要死了呢。当时我觉得有人掏空了我的身体,别人不得不把我抬到床上去。"

不过希科不信她的话,说:

"行了,行了,您这个老滑头,您像教堂的钟楼一样结实。您至少可以活到一百一十岁,我一定会比您先死。"

这一天就在这种争论中过去。大妈死活不肯让步,到最后客店老板也只好每个月付给她五十枚银币。

第二天,他们两个人在字据上签了字,玛格洛瓦大妈还额外要了十枚银币的酒钱。

三年过去了,大妈的身体健壮得像棵大树。她似乎一点也没有见老,希科非常沮丧。他觉得自己付这笔钱好像已经付了有半个世纪了;他感到自己受骗了,吃亏了,破产了。他不时地去看望一下那位女农场主,就像人们在七月份到农田里去看看麦子,看看麦子是不是已经成熟,可以收割了。她接待他时眼睛里总有一些狡猾的神色;简直可以说她是在为自己耍出的巧妙手段而沾沾自喜;而他总是很快地跳上他的双轮轻便马车走了,一面嘴里咕噜着说:

"你这个瘦骨头,就不会死啦!"

他不知道怎么办才好;一看见她,巴不得一下子把她掐死。他对她恨入骨髓,那是一种阴险的恨,一个遭到抢劫的乡下人的恨。

于是他处心积虑想办法。

有一天,他终于搓着双手又去看她了,就像第一次来和她谈生意时那样高高兴兴。

闲聊了几分钟以后,他说:

## 大作家讲的小故事

"我说，大妈，您经过埃佩雷维尔时，为什么不到我的店里来吃饭？有人说闲话了，说我们关系不好哩，我听了心里不痛快。您知道，亲爱的大妈，如果到我那儿去吃饭，您是一个钱也不用花的。吃顿饭，我是不会计较的。您只要想来，您就来，别客气，我会感到高兴的。"

玛格洛瓦老大妈用不到他再来邀请；第三天，她坐着她的马车，让她的长工塞勒斯坦赶着，到集市上去了。她毫不客气地把马系在希科老板的马厩里，自己去索要那份店老板已经许下的午饭。

客店老板喜形于色，像招待一位贵妇人似的接待她；请她吃子鸡、灌肠、香肠、羊腿和白菜煮肥肉。可是她几乎什么也没有吃，因为她从小就过着俭朴的生活，总是吃点羹汤和一块涂了黄油的面包过日子。

希科很失望，只好极力劝她吃。而且她什么也不喝，甚至连咖啡也不喝。

他问道："您总可以喝一小杯酒吧？"

"嗯，那个么，行。我不反对。"

于是他用足力气，向客店的另一头喊道：

"罗萨莉，拿白兰地来，要最陈、最上等的。"

女佣人来了，手里拿着一个长颈酒瓶，瓶上贴着一张葡萄叶形的标志。

他斟了两小杯。

"大妈，尝尝这个吧，这可是名酒。"

大妈一小口一小口喝着，慢慢地品味。到把那杯酒喝完，她把剩下的点点滴滴也都倒进了嘴里，然后高声说：

"没错，是好酒。"

她话还没有说完，希科已经替她斟上了第二杯。她本想拒绝，可是已经来不及了；于是她又像喝第一杯一样慢慢地品尝了很久。

希科于是想请她喝第三杯，她拒绝了；希科不停地劝她说：

"这东西，就像牛奶一样，您看见了吧；我呢，我经常喝它十杯、十二杯，也没有什么。这就跟白糖似的一下子就化掉了；肚子里不觉得，脑袋里也不觉得，简直可以说它在舌头上便化作气消掉了。没有比它更有益健康的了。"

她原本很想喝，于是就让步了；不过她只喝了半杯。

这时候，希科突然变得非常慷慨。他高声说：

"好吧，既然您很喜欢这种酒，我就送您一小桶吧，为了让您看看，我们始终是两个好朋友。"

大妈也没有说不要，她走了，稍许带着点醉意。

第二天，客店老板来到玛格洛瓦大妈的院子里，从他的车上拉出一只箍着铁箍的小木桶。随后他要她马上尝尝小木桶里的东西，为的是证明那的确是同样的上等白兰地。然后他们各人喝了三杯，客店老板在告辞的时候说：

"您要知道，等这些酒喝完了，我那里还有很多，千万别客气，我不是斤斤计较的人，您的酒越快喝完，我就越高兴。"

他又登上了他的轻便马车，走了。

四天以后，他又来了，大妈正在门口切做浓汤的面包。

他走过去向她问好，凑近她的鼻子讲话，为的是闻闻她呼出来的气的味道。他闻出了酒气，于是他眉开眼笑地说：

"不请我喝一杯吗？"

于是他们又碰了两三次杯。

可是隔不多久，当地就有传言说，玛格洛瓦大妈经常独自喝得醉醺醺的。别人有时候在她的厨房里从地上扶起她；有时候她躺倒在她的院子里，有时候在附近的小路上，一动不动地像死人一样，

## 大作家讲的小故事

别人只能把她抬回去。

希科不再到她家里去了，有人对他谈起这个乡下妇人时，他总是一脸愁容地咕噜着说：

"在她这把年纪沾上这种嗜好，真是太不幸了，不是吗？你瞧，一个人老了，就没法可想了；早晚她会吃大苦头的！"

果然，她吃了大苦头。她在当年的冬天，圣诞节的前几天，因为喝得大醉，倒在雪地里死了。

希科老板在继承农庄时高声说道：

"这个乡下老太婆，如果不喝酒，起码还有十年好活。"

### 赏析与品读

作品描述了一个七十二岁的女主人公玛格洛瓦大妈，将其田庄以每月二百五十个法郎至她寿终的价格卖给一个叫希科的老板。希科为了让她早死，想出一条诡计：邀请她吃饭，办了一桌丰盛的菜肴，拿出"十足的陈酒"白兰地。原本滴酒不沾的玛格洛瓦大妈，在希科连劝带哄下终于连饮三杯。此后，希科又常给她送酒，使她染上了酒瘾，终于在一天晚上醉倒雪地冻死了。希科老板如愿以偿。

作家用很自然巧妙的构思及情节联系，为读者讲述了一个似乎荒诞而又现实的故事，生动地刻画了希科老板为人阴险狡猾，玛格洛瓦老婆婆爱占小便宜的性格特点。作品以小见大，充分体现了小资产阶级唯利是图的本质，展现了工业革命初期的社会病态。

# 归来

● 带着问题读一读,你会收获更多 ●

1. 莱韦斯克叫道:"喂!希科,来两杯白兰地,要好的。你知道吗?马丹回来了,就是我女人原来的丈夫那个马丹,'两姐妹'那条船上失踪的马丹。"你从莱韦斯克的宣告中听出了什么?
2. 你觉得作者这样结尾有什么深意吗?你能不能试着为本文续写一个结尾?

## 大作家讲的小故事

大海用它短促而单调的浪涛拍打着海岸。一朵朵被疾风吹送着的白云像鸟儿似的掠过一望无际的蔚蓝色的天空。坐落在这条向海边倾斜的小山沟的村子沐浴在暖烘烘的阳光之中。

马丹·莱韦斯克家正好位于村口,孤零零地竖立在大路旁边。这是一座渔夫住的小屋,墙是黏土砌的,屋顶是茅草盖的,上面长着一簇簇像羽毛似的蓝色鸢尾草。门口一块四四方方、小得像手帕似的园地,上面种着一些洋葱、几棵甘蓝,还有一点欧芹和几棵白菜。一道树篱将它和大路隔开。

男的出海捕鱼去了,女的在屋前修补一张棕色大渔网的网眼。渔网挂在墙上,仿佛一张巨大无比的蜘蛛网。园子门口,一个十四岁的小姑娘,坐在一把向后倾斜的草垫椅子上,背靠着栅栏,正在缝补穷苦人家那种缝了又缝、补了又补的衣服。另一个小姑娘,比她小一岁,摇摇晃晃地哄着怀里抱着的一个婴儿;婴儿还不会说话,没有表情,也不会做动作。两个男孩子,一个两岁,一个三岁,屁股坐在地上,面对着面,用他们还不灵巧的小手在挖泥,并抓起沙土,你朝我脸上扔一把,我朝你脸上扔一把。

没有一个人讲话,只有那个被哄着想让他睡觉的婴儿在断断续续地啼哭,哭声又尖细又微弱。一只猫睡在窗台上。靠墙一排盛开的紫罗兰好像给墙脚镶上了一道白色美丽的边儿。一群苍蝇在上面嗡嗡地飞着。

在园子门口补衣服的那个小姑娘突然叫道:

"妈妈!"

妈妈答道:

"什么事啊?"

"他又来了。"

从早晨起她们就非常不安,因为有个男人总是在他们家四周转

174

来转去。这是一个上了年纪的男子，样子像个穷苦人。她们送父亲上船的时候就看到过这个人坐在门对面的沟边上，当她们从海滨回来的时候，发现他还坐在那里，直瞪瞪地望着房子。

他好像有病，样子很可怜。坐在那里一个多钟头一动未动。后来他看出人家把他当成了坏人，这才站起来，拖着两条腿走了。

但没有多久她们又看到他拖着缓慢无力的步子回来了。他又坐下来，只不过这一次坐得稍微远一点；他坐在那里似乎专门为了窥探她们。

母亲和两个女儿都害怕起来。特别是母亲最担心，因为她天生就是个胆小的人，加上她的男人莱韦斯克要到天黑才能从海上回来。

她丈夫姓莱韦斯克，而她却姓马丹，人们就喊他们"马丹·莱韦斯克"。原因是这样的：她结过两次婚，前任丈夫是个姓马丹的水手，他每年夏天都要到纽芬兰岛去捕鳕鱼。

结婚后两年，她为他生了一个女儿；当载着她丈夫的那艘大海船——迪耶普的三桅船"两姐妹"号——失踪时，她已经又怀着六个月的身孕了。

从那以后，再也没有得到这艘船的任何消息，船上的水手一个也没有回来。大家只好认定这艘船连人带货全都遇难了。

马丹大婶等了她男人十年，历尽艰辛，好不容易将两个孩子拉扯长大。由于她身体壮，为人善良，后来当地的一个名叫莱韦斯克的渔民，有着一个男孩的鳏夫，向她求婚，她嫁给了他；三年中间她又为他生了两个孩子。

他们勤勤恳恳地过着艰辛的日子。面包很贵，家里几乎没有见过肉。在冬季刮大风的那几个月里，他们弄得不巧还欠面包店的账。不过几个孩子身体倒都长得很结实。平时大家谈起来都说：

### 大作家讲的小故事

"马丹·莱韦斯克两口子全是老实本分人。马丹大婶能吃苦耐劳,莱韦斯克捕鱼的本领是一等的。"

坐在门口的那个小姑娘又说道:

"他好像认识我们。说不定是从埃普维尔或者奥泽博斯克来的穷人。"

不过母亲不会弄错。不,不,他不是本地人,肯定不是!

由于他像一根木桩似的坐在那里一动不动,而且眼睛死死地盯住马丹·莱韦斯克家的房子,马丹大婶发火了,恐惧使她变得勇敢起来,她抓起一把铁锹走到门口。

"您在这儿干什么?"她朝这个流浪汉叫道。

他用嘶哑的声音回答:

"我在乘凉嘛,我妨碍您了吗?"

她又说道:

"您为什么老是看着我们的家,像在窥探我们的行动?"

这个男人辩驳道:

"我又没有妨碍任何人,连在大路上坐一坐都不准吗?"

她找不出话来回答,只好又回到家里来。

这一天过得很慢。靠近中午时,这个人不见了,但五点钟左右又从门前走过。晚上没有再见到他。

天黑后莱韦斯克回来了。她们告诉他这件事。他肯定地说:

"要么是个爱管闲事的人,要么是一个爱恶作剧的家伙。"

他毫无挂虑,放心地睡了。而他的妻子却一直在想着这个徘徊不去的人,他看她的眼神是这么古怪。

天亮后刮起了大风,莱韦斯克看见不能出海,就帮助妻子补渔网。

九点光景,去买面包的马丹大婶的大女儿气急败坏地跑回来,

神色慌张地叫道：

"妈妈，那个人又来了！"

母亲顿时激动不安起来，脸色紧张得发白，对她的男人说：

"你去对他讲，莱韦斯克，叫他不要再像这样窥探我们了，我被他搞得神魂不安。"

莱韦斯克是个身材高大的渔民，红褐色的脸膛，一嘴又浓又红的胡子，蓝眼睛中露出一个黑瞳仁，为了抵挡洋面上的风雨，粗壮的脖子上始终围着一条毛围巾。他不慌不忙地走出去，来到这个流浪汉身边。

他们交谈起来。

母亲和孩子们捏着一把汗，远远地提心吊胆地看着他们。

突然，那个陌生人起身和莱韦斯克一同向房子走来。

马丹大婶吓得直往后退。她的男人对她说：

"拿点面包给他，再倒一杯苹果酒。他已经两天没有吃东西了。"

他们俩走进屋里，马丹大婶和孩子们跟在后面。这个流浪汉坐下，在众人的眼光下低着头吃起来。

母亲站在那里盯着他看；她的两个大女儿倚在门上，其中一个抱着那个最小的孩子。她们呆呆地站在那里看着他吃，眼睛里都露出馋涎欲滴的目光。两个小男孩则坐在壁炉的灰坑里，不再玩弄手里的黑锅子，似乎也在打量着这个不速之客。

莱韦斯克已经拉了一把椅子坐下来，问他道：

"那么您是从很远的地方来的了？"

"我是从塞特①来的。"

---

① 塞特：法国南方港口名，属埃罗省。

## 大作家讲的小故事

"就是这样走来的？……"

"可不是，就是这样走来的。没有钱，有什么办法。"

"那么您要到哪里去呢？"

"我就到这里。"

"您在这里有熟人吗？"

"很可能有。"

他们都不再讲话了。他尽管很饿了，但吃得很慢，每吃一口面包就喝上一口苹果酒。他的脸很憔悴，干瘪瘦削，满是皱纹，看上去是个饱经苦难的人。

莱韦斯克突然问他：

"您姓什么？"

他低着头回答说：

"我姓马丹。"

这个母亲不由得浑身一哆嗦，她跨上一步，好像要靠得更近一些看一看这个流浪汉似的，她张着嘴，垂着双手，一动不动地站在他的面前。没有人再说一句话。莱韦斯克最后又问了一句：

"您是这里人吗？"

"我是这里人。"

他终于抬起了头。这个女人的眼睛和他的眼睛相遇后，两个人的眼睛都一下子停住不动了。他们的目光混合在一起，好像被勾住了似的。

她突然开口了，声音却变了样子，低低的，她颤抖地说：

"是你吗，当家的？"

他缓慢却清楚地回答说：

"不错，是我。"

他一边说一边继续咀嚼着他的面包，还是很平静。

莱韦斯克吃惊多于激动，结结巴巴地说：

"是你吗，马丹？"

那一个答得很简单：

"不错，是我。"

第二个丈夫问道：

"那么你是从哪里来的呢？"

第一个丈夫谈开了：

"从非洲海岸来的。我们的船触礁沉没了，只有皮卡尔、瓦蒂内尔和我，我们三个人得救。后来我们被野人捉住，将我们一扣就是十二年。皮卡尔和瓦蒂内尔都死了。一个英国游客路过那里时将我救出来，带到塞特，然后我就回来了。"

马丹大婶用围裙捂住脸哭起来了。

莱韦斯克说道：

"现在我们怎么办呢？"

马丹问道：

"你就是她的男人吧？"

莱韦斯克答道：

"不错，我是她的男人。"

他们互相看看，都没有吭声。

这时马丹仔细打量了他周围的这几个孩子，朝这两个小姑娘点了点头，示意说：

"她们两个是我的吧？"

莱韦斯克答道：

"这两个是你的。"

他既没有站起来，也没有抱吻她们，只是说了一句：

"我的老天，长得这么高了！"

## 大作家讲的小故事

莱韦斯克又重复了一句：

"我们怎么办呢？"

马丹也很为难。不知如何是好。后来他下了决心：

"由你决定，我照你的意见办。我不想和你过不去，麻烦的是这所房子。我有两个孩子，你有三个，各人的孩子归各人的。至于孩子他妈，归你还是归我，随便怎么办我都同意。不过房子是我的，这是我的父亲留给我的，我就生在这所房子里，证明存在公证人那里。"

马丹大婶一直用蓝布围裙蒙着脸，在低声抽抽噎噎地哭泣着。两个大女儿走到母亲身边来，不安地望着她们的父亲。

他吃完了。这一下他也发问了：

"我们怎么办呢？"

莱韦斯克想出一个主意：

"到神父那里去吧，他会帮我们做出决定的。"

马丹站起来，朝他妻子走过去；她扑到他的怀里，呜呜咽咽地哭着说：

"我的丈夫！你回来啦！马丹，我可怜的马丹，你回来啦！"

她紧紧抱住他，过去的种种回忆突然纷至沓来，掠过脑际，她回想起他们二十岁时的生活和最初的拥抱。

马丹也非常激动，吻着她的帽子。在壁炉里玩耍的两个小男孩听见他们的妈妈哭了，一齐跟着大喊大叫；马丹大婶第二个女儿抱着的那个婴儿也直着嗓子尖声尖气地啼哭起来，声音像走了调的笛子。

莱韦斯克站在那里等候着。

"走吧，"他说，"先去把事情安排好吧。"

马丹放开妻子，又看看他的两个女儿。母亲对她们说：

"你们至少该吻吻你们的爸爸啊。"

姊妹俩同时走到父亲面前；她们并不激动，惊讶中还有点害怕。他拥抱了两个女儿，并像乡下人那样在她们的两颊上依次轻轻而又响亮地吻了一下。那个婴儿看见来到陌生人跟前，发狂地尖叫起来，差点惊厥过去。

随后两个男人一起走出去了。

他们走过友谊咖啡馆门口时，莱韦斯克说：

"我们去喝上一杯，怎么样？"

"好啊，我赞成。"马丹说。

他们走进去，在还没有上座的店堂里坐下来。莱韦斯克叫道：

"喂！希科，来两杯白兰地，要好的。你知道吗？马丹回来了，就是我女人原来的丈夫那个马丹，'两姐妹'那条船上失踪的马丹。"

小酒馆老板一只手拿着三只玻璃杯，一只手拿着一只长颈大肚小酒瓶，腆着大肚子走过来。他一身肥肉，满脸通红，不慌不忙地问道：

"啊！你回来啦，马丹？"

马丹回答道：

"我回来啦！"

**赏析与品读**

这篇小说通过一个故事描述的是两个男人正直、淳朴的性格。在极其穷困的环境下，莱韦斯克和妻子用自己辛勤的劳动养育孩子，没有看出丝毫抱怨。当她的前夫回来时，马丹也没有像常人所

## 大作家讲的小故事

想，会责怪妻子，他只是要回了属于他的房子，而且主动抚养自己的两个孩子。而他的妻子也是在等了丈夫十年后才再嫁的，一个人辛苦把两个孩子养大，同样体现了她的良好品质。

　　作者通过一个看似离奇的故事描写了劳动人民的悲惨遭遇，赞颂其正直、淳朴、宽厚的品格。作者在这篇短篇小说里，细节的描写既准确又传神，他的短篇小说里许多人物之所以能够站起来给人留下经久不灭的印象，在很大程度上跟他细致的细节描写有关。例如，当莱韦斯克看到马丹两天没吃东西了，立刻要家人拿来面包和苹果酒，而这些东西对他们家来说是奢侈的，他的难能可贵的品质得以体现。作者在这篇小说中另一个重要特点是作者本人基本上不直接表达自己的倾向，而是通过故事本身表达这种倾向，尽力做到客观、冷静。

# 俘虏

● 带着问题读一读，你会收获更多 ●

1. "他们狼吞虎咽地吃了起来，为了多吃一点，嘴巴张到了耳朵根，那几双滚圆的眼睛也瞪得很大，喉咙里发出的声音像流水通过水落管一样。母女两人一声不响地看着红色的大胡子迅速地掀动，一块块土豆都像是陷进了那些在活动着的毛丛里。"这段细节描写表现了普鲁士士兵的什么特点？

2. "贝蒂娜再次出现时，她暗暗在笑，那是一个狡猾的笑。"你知道贝蒂娜为什么而笑吗？

## 大作家讲的小故事

森林里除了雪花落在树上的沙沙声以外，没有任何别的声音。雪从中午起就开始下了；细小的雪花在树枝上聚集成冻结的泡沫，在灌木丛的枯叶上铺上一层银色的薄衣，在道路上盖上一大幅软软的白地毯，使这一片林海无边无际的寂静更加深沉了。

在森林看守人住的屋子门外，一个袖子卷得高高的年轻妇人正用斧头在一块石头上劈柴。她个子瘦长，很结实，自幼在森林里长大，父亲和丈夫都是森林看守人。

屋子里面有一个人在喊："贝蒂娜，今天晚上只有我们两个人，天快要黑了，你进来吧，可能附近有普鲁士人，还有狼在转悠呢。"

那个在劈柴的妇人正在使劲劈一段树根，双臂举起时胸口就朝前一挺；她一边劈柴一边回答："我这就完了，妈妈。我来啦，我来啦；不用害怕，天还没有黑呢。"

随后，她把成捆的柴和大块的木柴搬进来，沿着壁炉堆好，再跑到外面去关护窗板，是用橡木芯子做的、又厚又大的护窗板，然后回到屋里，推上了沉重的横门闩。

她的母亲是一个满脸皱纹的老妇人，因为年纪老胆子也小了；这时她正坐在火炉边纺线，说道："我真不喜欢你爹出去。两个女人顶什么用？"

年轻女子回答："哼！我可以打死一只狼，也可以打死一个普鲁士人。"

这时，她抬头望了望一把挂在炉膛上面的大手枪。

她的丈夫在普鲁士人入侵初期就参了军，家里只剩下这两个女人和老爹。老爹尼古拉·毕雄，绰号叫"长腿"，是一个森林看守人，他说什么也不肯离开这儿搬回城里去住。

离这儿最近的城市是雷泰尔，它位于一片峭壁之上，原先是个要塞。城里的人都很爱国，他们下定决心抵抗侵略者，要按照当地的传统，坚守城市，抵御敌人的围攻。雷泰尔人因历史上两次英勇保卫乡土而著名，一次在亨利四世时代，一次在路易十四时代。①这一次他们当然也要照样做，否则就让敌人把他们烧死在城墙内。

因此，他们购置了一些枪炮，装备了一支民兵，按照营连编制，每天在练兵场上操练。所有的人，面包师傅、食品杂货店老板、肉店老板、公证人、律师、木匠、书商、药剂师，全都轮流着在规定时间内，在拉维涅先生的指挥下操练。拉维涅先生从前在龙骑兵部队里当过士官，后来娶了大拉沃当的女儿，继承了他的服饰用品店，做了老板。

他搞到了城防司令官的军衔。当地的年轻人都去从军了，于是他把其余的人组编成一支队伍。肥胖的人连上街都跑步，为的是消耗脂肪和增加肺活量；体衰力弱的人背着重物，为的是锻炼筋骨。

大家就这么等着普鲁士人，可是普鲁士人却没有出现。然而他们离得并不远，他们的侦察兵已经两次穿过森林，一直来到绰号叫"长腿"的森林看守人尼古拉·毕雄的房子前面。

森林看守人虽然年纪已老，跑起来却跟狐狸一般快，他马上到城里去报告。大炮已经瞄好了方向，可是敌人还是没有露面。

"长腿"的居处成了阿韦林森林里的前哨站，老人每星期到城里去两次；一方面是为了采办食物，另一方面也是为了把乡下的情况告诉城里的居民。

这一天，他又到城里送消息去了，因为前天下午两点钟左右，

---

① 雷泰尔是法国北部邻近比利时的阿登省城市，历史上确曾有过两次保卫战；但一次是在1617年路易十三时代，而非亨利四世时代；另一次是在1650年到1655年之间，当时路易十四尚未成年，并未执政。

## 大作家讲的小故事

有一支德国步兵的小分队曾经在他家里休息过，后来不一会儿就走了。那个带队的士官会说法话。

老人每次这样出去时，总带着两条大嘴巴的大狗，因为他怕狼，在这个季节狼变得特别凶狠；他临走时总要嘱咐他的妻女，天一黑就关门，守在家里。

他的女儿什么也不怕，不过他的妻子胆子很小，总是说："将来不会有好结果的，瞧着吧，将来不会有好结果的。"

这天晚上，她比往常更加焦急不安。

"你知道爸爸什么时候回来吗？"她问。

"噢！肯定要到十一点以后。他要在司令官家里吃晚饭，回来肯定早不了。"

她正在把锅子挂到炉火上去煮汤，突然停住不动了，因为她听到壁炉的烟囱管里传来一种模糊的声音。

她低声说："有人在林子里走动，至少有七八个人。"

母亲很害怕，停止转动纺车，结结巴巴地说："唉，老天爷，你爸爸又不在家！"

她话还没说完，门上就响起了激烈的敲门声。

母女两人没有回答，于是有一个喉音很重的人大声叫道："开门！"

在沉寂了一会儿以后，那个声音又响了起来："开门，不然我要砸门了。"

这时，贝蒂娜把壁炉上的大手枪藏在她裙子的口袋里，然后走过去把耳朵贴在门上，问道："你是谁？"

那个声音回答："我们就是那天来过的小分队。"

年轻女人接着问："你们要干吗？"

"今天早上，我和我的小分队在林子里迷了路。开门，不然我

要砸门了。"

这个女森林看守人没有其他选择,只能赶快把门闩推开,拉开了那扇沉重的门,看到在灰白色的雪地里站着六个普鲁士兵,就是前天来过的那六个人。她用坚定的语气问道:"在这个时候,你们来干什么?"

那个士官又说了一遍:"我迷路了,完全迷路了,我认出了这座房子。从今天早上起,我什么也没有吃,我的小分队的人也什么都没有吃。"

贝蒂娜说:"可是今天晚上,只有我和我妈妈两个人。"

那个看上去还像个正派人的军人回答说:"这不要紧。我们不会做什么坏事,不过您要弄点东西给我们吃。我们又饿又累,快要倒下了。"

女森林看守人往后退了一步,说:"进来吧。"

他们进来了,身上全是雪,钢盔上仿佛盖着一层打成泡沫的奶油,看上去像只奶油蛋糕。他们全都显得精疲力竭。

年轻妇人指了指大桌子两边的木头长凳对他们说:"请坐下吧!我去替你们煮汤,看来你们真是累极了。"

随后她又把门闩插上。

她往锅里添了些水,又加了点黄油和土豆,然后把挂在壁炉里的一块肥肉取下,切了一半扔在汤锅里。

那六个人的眼里闪耀着饥饿的火光,紧盯着她的每一个动作。他们已经把他们的枪和钢盔放在一个角落里了,现在安静得像是坐在课堂里长板凳上的孩子般等待着。

母亲又开始纺线,时不时地用惊恐不安的眼睛向那些入侵的兵士望一下。除了纺车的轻轻转动声、柴火的噼啪声和快要烧开的水的吱吱声以外,什么声音也没有。

## 大作家讲的小故事

可是忽然之间，有一种奇怪的声音使他们全都打了一个冷战，那是一种像是从门底下传进来的嘶哑的喘气声，一种强有力的、呼噜呼噜的野兽嘘气声。

那个德国士官一下子便跳到枪支旁边。女森林看守人做了个手势拦住他，微笑着对他说："是狼，它们和你们一样，它们在到处转悠，都饿了。"

士官不太相信，还是要看看，他一打开门，果真看见有两只很大的灰色野兽急速地逃跑了。

他又走回来坐下，一面喃喃地说："真是不敢相信。"

他等着汤煮好。

他们狼吞虎咽地吃了起来，为了多吃一点，嘴巴张到了耳朵根，那几双滚圆的眼睛也瞪得很大，喉咙里发出的声音像流水通过水落管一样。

母女两人一声不响地看着红色的大胡子迅速地掀动，一块块土豆都像是陷进了那些在活动着的毛丛里。

他们渴了，于是女森林看守人到地窖下面去替他们取苹果酒。她在地窖里待了很长时间。这是一个有拱顶的地窖，据说在大革命①时代曾经当过监狱，也做过避难所。那里面有一道狭窄的螺旋形楼梯，梯子顶上的翻板活门就是地窖的出口，就在厨房尽头的地面上。

贝蒂娜再次出现时，她暗暗在笑，那是一个狡猾的笑。她把一罐子苹果酒交给了德国兵。

然后她跟她的母亲在厨房的另一头也吃起了晚饭。

这些兵吃完了，六个人全都围着桌子打瞌睡。不时地有一个人

---

① 大革命：指18世纪末的法国资产阶级革命。

脑袋耷拉下来碰到了桌子，发出一点声响，这个人猛然醒来，挺了挺身子。

贝蒂娜对那个士官说："你们就在炉子前面睡吧，是啊，这儿的地方足够你们六个人睡的；我呢，我跟妈妈到楼上房间里去睡。"

母女俩上楼去了，大家听见她们锁上了门，走动了一会儿，随后就再也没有声音了。

普鲁士人都睡在石板地上，脚对着炉火，头枕在自己的卷起来的大衣上面；不多一会儿，六个人都打起呼噜来了；六种声调各不相同，有的尖锐，有的响亮，不过连续不断，听上去很吓人。

突然一声枪响，这时候他们肯定已经睡了很长时间了，枪声非常响，就像是对着屋子的外墙放的。那些士兵马上都跳了起来。可是枪声又响了两下，随后又是另外三下。

楼上的门突然打开，那个女森林看守人光着脚走下楼来，身上只穿着衬衫和短裙，手里拿着一支蜡烛；她的神色很慌张，嘴里结结巴巴地说："法国人来了，至少有两百人。他们要是发现你们在这儿，一定会烧房子。赶快到地窖里去躲躲，不要出声音，如果有响声，我们就完了。"

那个德国士官吓坏了，低声说："好，好，从什么地方下去？"

年轻妇人马上就掀起那块四方形的翻板活门，六个人一个跟着一个，倒退着走，用脚探索着梯级，经过那条螺旋形的小楼梯往下走，最后都消失了。

在最后一顶钢盔的尖尖陷入地下以后，贝蒂娜就盖上了那块分量很重的橡木翻板；这块翻板有墙壁那么厚，像钢铁一样坚硬，装

## 大作家讲的小故事

着铰链，配了一把监狱里用的那种锁。她把锁仔细锁好以后，便笑了起来，那是一种兴高采烈但又不出声的笑，她真想在这些俘虏的头上跳舞。

他们被关在里面了，一点声音也没有；他们就好比被关在一只坚固的盒子里，一只石头盒子里，只有一个装着铁栅栏的气窗可以透进一些空气。

贝蒂娜马上把炉火生旺，又把锅子吊在上面，重新煮汤，一面自言自语说："爸爸今天夜里要累坏了。"

随后，她坐下来等着；在一片寂静中只能听到挂钟的钟摆发出的有规律的滴答声。

年轻妇人时不时地对挂钟望上一眼，焦急的眼光似乎在说："走得太慢了。"

可是过不多久，她就觉得她脚底下的人在低声说话。说话的声音很轻也很模糊，透过地窖里石头砌的拱顶，传到她的耳里。普鲁士人渐渐地猜到了她的诡计。过了一会儿，那个士官爬上那个小楼梯，用拳头敲击那块盖板。他喊道："打开。"

她站起来，走到翻板跟前，学着他的德国口音说："你们要干什么？"

"打开！"

"我不开。"

下面的人生气了，说："打开，否则我要砸了。"

她笑了起来，说："你砸吧，好小子，你砸吧，好小子。"

于是他用枪托砸他头顶上的橡木翻板，可是这块翻板即使用投石器也砸不开。

女森林看守人听见他又走下楼去了。随后那些兵一个跟着一个轮着走上楼梯来试试他们的力气，并检查翻板的锁合装置。不过，

他们一定也认为他们这是在白费力气,于是又回到下面去,在地窖里商量起来。

年轻女人先是听他们说话,后来又去把大门打开,侧起耳朵在黑夜里细听。

远处传来一阵狗吠声,她像猎人一样吹了一声口哨,几乎立刻就有两条大狗在黑暗中蹿出向她扑过来。她抓住它们的脖子,不让它们跑开。然后她用足力气喊了一声:"喂,爸爸!"

一个声音从很远的地方回答:"喂,贝蒂娜!"

她等了几秒钟,又喊道:"喂,爸爸!"

那个声音在比较近一些的地方回答:"喂,贝蒂娜!"

她接着又喊道:"别从气窗前面经过,地窖里有普鲁士人。"

突然在左边出现了一个高大的男人的身影,在两棵树的中间停住不走了。他不放心地问:"地窖里有普鲁士人?他们要干什么?"

年轻女人笑了起来:"就是前几天来过的那几个。他们在森林里迷了路,我把他们关进阴凉的地窖里去了。"

于是她把这件事说了一遍,她怎样放了几枪吓唬他们,又怎样把他们关进了地窖。

老人还是很严肃地问:"那么现在你要我怎么办?"

她回答说:"你去请拉维涅先生带着他的队伍来吧。他可以把他们抓起来。他一定会喜出望外。"

毕雄老爹露出了微笑,说:"这倒是真的,他一定会高兴的。"

他的女儿接着说:"汤已经煮好了,赶快吃一点再走吧。"

老森林看守人在桌子跟前坐下,先满满地倒了两盆喂狗,然后再吃自己的一份。

## 大作家讲的小故事

普鲁士人听到有人说话，都静下来了。

一刻钟以后，"长腿"又动身了。贝蒂娜双手托着脑袋等着。

被囚禁的普鲁士人又骚动起来了，他们大喊大叫，怒气冲天地不断用枪托砸打那扇纹丝不动的翻板活门。

后来他们又从气窗里往外放枪，肯定他们是希望附近有什么德国小分队经过，可以听到他们的枪声。

女森林看守人不再活动了，不过他们的吵闹声更使她心烦。一阵怒气从她心里升起，她真想把那些坏蛋全杀了，免得他们再闹。

后来她越来越不耐烦了，她望着挂钟，一分钟一分钟地计算时间。

父亲走了有一个半小时了，他现在应该到城里了。她仿佛看见了他：他把事情告诉了拉维涅先生。拉维涅先生激动得脸色发白，马上拉铃叫他的女佣人把军服和武器拿来。她好像听见街上到处有鼓声。各处窗口都有神色慌张的脸探出来。民兵们各自从家里走出来，衣服还没有穿好，气喘吁吁，边走边扣着腰带，跑着步奔向司令官的家。

随后，队伍由"长腿"率领，在黑夜里冒着雪向森林进发。

她望着挂钟，心里在想："再过一个小时，他们就可以到这儿了。"

她感到一种神经质的焦躁。每一分钟都像是无穷无尽，时间过得真慢啊！

最后，挂钟上的指针走到了她预计他们会到达的时间。

她又打开门，听听他们来了没有。她看见一个黑影正在小心翼翼地走来。她吓了一跳，失声叫了出来。原来是她的父亲。

他说道："他们派我来看看情况有什么变化。"

"没有，一点没变。"

于是他向黑夜里吹了一声又长又尖的口哨。很快就有一堆棕黄色的东西在树底下慢慢地向前移动：这是一支由十个人组成的先头部队。

"长腿"不时地叮嘱："别在气窗前经过。"

先抵达的人把那个可怕的气窗指给后面来的人看。

最后，队伍的主力都到齐了，一共是两百人，每人带着两百发子弹。

拉维涅先生激动得浑身发抖，他指挥队伍把房子包围起来，只在那个贴着地面的地窖通气用的小窟窿前面留出一大片空地。

随后，他走进屋子，询问敌人的实力和动态；现在他们变得声息全无，真好像他们消失了，不见了，从气窗里飞走了。

拉维涅先生用脚跺了跺活门，喊道："普鲁士军官先生！"

"普鲁士军官先生！"

德国人不回答。

司令又喊道："普鲁士军官先生！"

什么反应也没有。足足有二十分钟，他一直在催促那个一声不吭的军官缴械投降，并保证他和他的部下的生命安全和军人荣誉。不过，他既得不到他们同意的表示，也得不到他们敌意的表示，情况变得相当尴尬。

那些民兵像马车夫取暖时那样，在雪地里跺着脚，使劲用胳膊敲打自己的肩头。他们看着那个气窗，那种想在气窗前面跑过去的孩子气的想法越来越强烈。

终于，他们中间有一个叫做波特万的人，他一贯行动敏捷；这时他突然一使劲，像一头鹿似的在气窗前跑了过去。这个尝试成功了，俘虏们像死了一样毫无反应。

有一个人喊道："里面没有人。"

## 大作家讲的小故事

另有一个民兵在这个危险的窟窿前面穿过了那片没有人包围的地段，接着，这变成一种游戏了，不时有人从这一群人中跑到另一群人中，就像孩子玩抢地盘的游戏一样。他们跑得飞快，被他们踩到的雪在他们身后溅得老高。有人为了取暖，用枯枝燃起了好几处篝火，火光把国民自卫军从右面跑向左面时的侧影映得清清楚楚。

有一个人喊道："轮到你了，玛洛瓦松。"

玛洛瓦松是个肥胖的面包师傅，他的大肚子经常受到弟兄们的取笑。

他有些犹豫，有人嘲笑他了。于是他下定了决心，用操练时小跑步的方式出发了；他有点气喘，大肚子一颠一颠的。

全队的人都笑出眼泪来了，大家还喊着替他加油。

"好啊，好啊，玛洛瓦松。"

在他跑完三分之二的路程时，气窗里闪出一道飞快的、长长的红光，同时砰的一声枪响，大胖子面包师傅惨叫一声扑倒在地上。

没有一个人冲过去救他，大家看着他在雪地里一面哼着一面手脚并用地往前爬，等他爬过那危险地带以后，他便晕过去了。

他的大腿的脂肪层中了一颗子弹。

在最初的惊慌以后，大家又笑了起来。

这时，要塞司令拉维涅在守林人屋子的大门口出现了。他刚刚决定了他的进攻计划。他用响亮有力的声音发出了命令："白铁铺老板和他的工人们过来！"

三个人走到他的面前。

"把这座房子的水落管拆下来。"

一刻钟之后，他们给司令送来了二十来米长的水落管。

于是他派人十分小心地在地窖活门的边上挖了一个小窟窿，再用水落管做了个引水管道，一头通向井边的唧筒，另一头通向这个小窟窿，然后兴高采烈地宣告："我们要请这几位德国先生喝个够。"

一阵狂热的叫好声爆发了，紧接着是发狂般的狂笑声。司令又组织了几个小的工作组，每五分钟换一次班。然后他发出了命令："抽水！"

唧筒的铁把手开始动作了，一阵轻微的流水声顺着水管响起来了，不多一会儿水就流到了地窖里，顺着梯级往下流，可以听到像瀑布似的哗哗声和金鱼池里假山上流水的潺潺声。

大家都等着。

一小时过去了，随后是两小时、三小时。

狂热的司令官在厨房里踱来踱去，不时地把耳朵贴在地面上听，想猜出敌人在干什么，思忖着他们是不是会马上投降。

敌人这时有了动作，可以听见他们在搬动酒桶，在说话，还有弄水的声音。

后来，到了早上八点钟光景，从气窗里传出了人声："我要和法国军官说话。"

拉维涅站在窗口，微微伸出脑袋说："您投降吗？"

"我投降。"

"那么，把枪扔出来。"

于是马上看见有一支枪从气窗里伸出来，落到雪地里，跟着是第二支，第三支，所有的枪都扔出来了。刚才那个声音高声说："我没有枪了。请快一点，我快淹死了。"

司令官发布命令："停止抽水！"

唧筒的把手不动了。

于是，他召来许多民兵，一个个都在厨房里持枪立正；然后他才慢慢地揭开了那块橡木活门。

## 大作家讲的小故事

首先看到的是四颗湿透了的脑袋，都是长长的灰黄色的头发。大家看到六个德国人一个跟着一个爬上来，哆哆嗦嗦，浑身是水，神色慌张。

他们马上被抓住捆了起来。然后因为怕遭到敌人的袭击，部队立即分成两队出发了；一支队伍押送俘虏，另一支队伍护送用树枝和床垫扎成的担架上的玛洛瓦松。

他们胜利地回到了雷泰尔。

拉维涅先生因为俘获了普鲁士的一支先头部队而得到了勋章，那个胖子面包师傅因为在敌前受伤，也得到了军功勋章。

### 赏析与品读

与《米隆老爹》不一样，虽然文章都是描写普法战争中的英雄形象，但米隆老爹是为了个人复仇的自发反抗，贝蒂娜则是面对普鲁士的侵犯，油然而生的自发反抗。

故事发生在普法战争期间，全民皆兵的雷泰尔附近的森林中，年轻的女守林人贝蒂娜略施小计，将在家中歇脚的六名普鲁士士兵困在自己家的地窖里，并通知国民自卫军赶来将六个士兵俘虏。虽然军功没有奖励给贝蒂娜，但小说的主要内容还是在赞颂贝蒂娜的勇敢和智慧。贝蒂娜深知凭借自己和母亲两个女人的力量是无法斗过六个普鲁士士兵的。因此，她不直接开战宣战，而是巧施妙计，将他们骗进地窖，利用坚固的地窖来帮她抓获士兵。莫泊桑将自己的智慧融入文中，将自己的呼吁放进小说之中，号召人民用智慧去斗争，在思想上带领人民群众反抗普鲁士的侵略。